KB238794

온갖 근심

KUMMER ALLER ART by Mariana Leky

© 2022 DuMont Buchverlag, Köln
Korean Translation © 2026 Hyundae Munhak
All rights reserved.
The Korean language edition is published by arrangement with DuMont
Buchverlag GmbH&Co.KG through MOMO Agency, Seoul.

이 책의 한국어판 저작권은 모모 에이전시를 통해 DuMont Buchverlag
GmbH&Co.KG와의 독점 계약으로 ㈜현대문학에 있습니다. 저작권법에
의해 한국 내에서 보호를 받는 저작물이므로 무단전재와 무단복제를 금
합니다.

온갖 근심

마리아나 레키 지음

장혜경 옮김

현대문학

일러두기

1. 이 책은 『오늘의 심리학*Psychologie Heute*』에 발표된 글들을 작가가 수정·
   보완하여 엮은 것이다. 번역은 Mariana Leky, *Kummer aller Art* (DuMont,
   2024)를 저본으로 삼았다.
2. 본문의 주는 모두 옮긴이의 주다.
3. 단행본 및 정기간행물 등은 『 』로, 시, 희곡, 단편, 논문 등은 「 」로, 회
   화, 음악, 영화, 공연 등은 ⟨ ⟩로 구분했다.

차례

비행기가 나는 건 비행 공포 덕분이다

월요일 오후다. 책상에 앉아 있거나 그게 안 되면 그 주변을 빙빙 돌기라도 해야 옳다. 하지만 나는 비에 젖어 질척이는 풀밭에서 나무 주변을 빙빙 돌고 있다. 로리라는 이름의 미니어처 핀셔 잡종을 데리고서. 로리는 이웃집 폴 씨의 강아지인데, 오늘은 폴 씨가 너무너무 불행해서 내가 대신 로리를 데리고 나왔다.

로리가 덜덜덜 떤다. 녀석은 쉬지 않고 몸을 떨어댄다. 계절을 가리지 않아서, 나는 미니어처 핀셔 잡종은 원래 다 그런 거라고 짐작한다. 우리는 한참 전부터 여기 이 진창에 서 있고, 나는 폴 씨를 도와줄 방법을 고민한다. 꼭 도와주고 싶다. 도와주고 싶은 마음이 굴뚝같은 데에는, 폴 씨가 내가 아는 사람 중에서 제일 마음씨가 고운 사람이라는 이유도 한몫한다. 어제 어떤 아이가 끽끽거리는 자전거를 타고서 어림잡아 천 번쯤 골목길을 오르락내리락했다. 참다못한 1층 여자가 창문을 벌컥 열고 잠 좀 자자고 고함을 질렀다. 그때도 폴 씨가 기름병을 들고 허둥지둥 내려가서는 소리가 나지 않게 자전거에 기름칠을 해주었다. 얼마 전에는 저녁에 프린트 종이가 떨어지는 바람에 폴 씨한테 전화를 걸어 늦은 시간에 죄송한데 종이 몇 장만 얻을 수 있냐고 물었다. 폴 씨는 "당장 갈게요"라고 대답하고는 잠옷 위에 목욕가운을 걸쳐 입고 가운 자락을 펄럭이며 우리 집으로 내려와 500장들이 프린트지 한 묶음을 통째로 건네주며 말했다. "더 필요하면 말해요."

지금은 폴 씨가 도움의 손길이 필요하다. 내가 뭘 해줄 수 있을까 머리를 쥐어뜯는데, 초등학생 사내아이 둘이 불쑥 나타나더니 풀밭으로 뛰어온다. 한 녀석은 방울 달린 털실 모자를 썼는데, 모자 가장자리를 귀 뒤로 넘겨서 꼴이 상당히 우습다. 둘이 광검을 들고서 슈퍼히어로 이야기를 하고 있다. 버튼을 누르면 광검이 윙윙 요란한 소리를 내고 번쩍번쩍 빛도 뿜는다. 한 녀석이 광검으로 내 옆에서 벌벌 떨고 있는 작은 강아지를 가리키며 묻는다. 짐짓 심각한 말투다. "얘의 초능력은 뭐예요?"

나는 안쓰러운 눈길로 로리를 쳐다보면서, 뭐라고 대답해야 잘했다고 소문이 날지 고민한다. 그사이 옆에 있던 털실 모자가 냅다 대답한다. "쟤의 초능력은 공포야. 쟤가 떨면 온 세상이 진동하지."

문득 온갖 특이한 공포증이 떠오른다. 마르멜루* 젤리나 모자걸이를 겁내는 공포증마저도 나는 몇 분만 생각해보면 금방 공감할 수 있을 것 같다. 폴 씨도 그걸 알지만, 용기를 내어 나한테 자신의 공포증을 털어놓기까지는 좀 시간이 걸렸다. 그는 우리 집 현관문 앞에 서서 한참 뜸을 들였다. 나는 그가 내게 사랑한다거나 은행을 털었다고 고백할까 봐 지레 겁을 먹었다. 하지만 그가 말한 건 광장 공포였다. 폴 씨는 엘리베이터와 대중교통을, 금방 밖으로 뛰쳐나올 수 없는 온갖 건물들을 무서워한다. 공포증을 털어내

---

* 유럽 모과. 서양배를 닮은 열매로 잼이나 마멀레이드를 만들어 먹는다.

고자 안 해본 짓이 없다. 행동치료사를 세 번이나 바꾸어가며 치료를 받았고, 명상 방석에도 앉아보았으며, 점진적 근육 이완도 해보고 불안을 가라앉히는 약도 먹어봤다. 안타깝지만 다른 것들도 다 해봤다. 노출치료*도 했고, 긍정확언**도 해봤다. "나는 안 될 것 같아요." 폴 씨는 소리 죽여 이 말을 되풀이했다. "나는 안 될 것 같아요." 누군가가 그렇게나 슬픈 표정으로, 그렇게나 지친 얼굴로, 그렇게나 엉클어진 마음으로 우리 집 현관에 서 있었던 적은 그리 많지 않다.

풀밭의 사내아이들이 광검으로 로리에게 싸움을 걸지만, 로리는 싸울 수가 없다. 로리는 오직 자신의 초능력에 집중해야 한다. 녀석도, 나도 지금껏 초능력인 줄 몰랐던 그 초능력에. 나는 나의 공포증을 생각한다. 그중 하나가 비행 공포이다. 나는 비행을 말도 안 되는 짓이라고 생각한다. 그래서 앨라배마처럼 기차로는 도저히 갈 수 없는 곳이라 다른 방도가 없어 하늘로 올라야 할 때면 비행 내내 스튜어디스의 다리에 매달리고 싶다. 다른 승객들은 하나같이 비행이

* 행동치료 기법 중 하나. 불안을 일으키는 자극 중 가장 약한 것부터 시작하여 서서히 강한 자극에 반복 노출하여 공포 반응을 점차 줄여가는 기법.
** 반복되는 긍정적 자기 대화로 뇌 경로를 강화하여 사고·감정·행동을 긍정적으로 바꾸는 심리적 실천 방법.

지극히 평범한 일이라는 듯 아무렇지도 않은데, 그것을 나는 도무지 이해할 수가 없다. 그래서 나는 매번 저들이 모조리 약을 엄청 털어 먹었거나, 아니면 이제 그만 세상을 하직하고 싶은 모양이라고 생각한다.

아까 공포를 초능력이라 주장했던 아이에게 나는 비행 공포도 초능력이냐고 묻는다. 아이가 대답한다. "당연하죠. 비행기가 나는 건 승객들의 비행 공포 덕분이에요."

여기 이 질척거리는 풀밭에서 누군가 공포증을 저토록 인정해주다니, 짱이라고 나는 생각한다. 그러는 편이 공포증에도 분명 이로울 것이다. 어쨌거나 공포증은 일종의 도우미일 수 있다. 어쩌면 어느 낙담한 갈망을 지켜주는 천하무적 슈퍼 도우미일지도 모른다. 채권추심회사처럼 끈질기게 이 낙망한 갈망이 바라는 것을 성사시켜주려 고군분투하는 도우미.

폴 씨가 무엇을 갈망했을지 생각해본다. 사실 나는 그를 특별히 잘 알지 못한다. 그저 그를 아주 많이 좋아할 뿐이다. 어쩌면 폴 씨에겐 그냥 광장이 부족한 것인지도 모르겠다. 어쩌면 폴 씨는 뭔가에 꽉 붙들려 있는 건지도, 그래서 폴 씨의 공포증은 운전학원에 가면 늘 듣는 소리처럼, 방향

전환 능력을 더 키우라는 마음의 시위인지도 모르겠다.

안 그래도 어둡고 편치 않던 풀밭이 더 어둡고 더 편치 않아진다. 아이들이 가방을 둘러메고서 작별 인사를 한다.

나는 자기 집에서 로리를 기다리는 폴 씨를 상상한다. 폴 씨 집에는 들어가본 적이 없다. 어쩌면 그는 엄청나게 많은 백지에 둘러싸여 있을지 모른다. 어쩌면 번쩍이고 웡웡대는 저주받은 초능력을 짊어지고서 식탁에 턱을 고이고 앉아 있을지 모른다. 어쩌면 지금 이 순간 폴 씨의 발밑에서 세상이 덜덜 떨고 있고, 폴 씨는 어찌할 바를 모르는지도 모르겠다.

로리와 나, 우리는 여기에 있다. 하나는 어찌할 바를 모르고서, 다른 하나는 덜덜 떨면서. 그리고 우리는 번쩍이며 멀어지는 광검을 쳐다본다.

잠 못 들던 밤

오늘 아침에 현관문을 여니 아래쪽에서 느리고 무거운 걸음으로 계단 오르는 소리가 들린다. 노인이 올라오시는 구나, 생각했는데 막상 보니 비제 여사다. 비제 여사는 우리 집 바로 위층에 사는데, 요즘에는 해적 같다. 한쪽 눈에 문제가 생겨 안대를 하고 있기 때문이다.

오늘은 연로하신 해적 같다. 하지만 비제 여사는 40대이다. "못 잤어요?" 내가 묻는다. "한숨도 못 잤어요." 비제 여사가 대답한다. 나는 눈이 아프니 잠이 오겠냐며 위로한다. "아냐, 눈은 이제 안 아파요. 그냥 한숨도 못 잤어요."

비제 여사와 나는 불면 전문가이다. 아니, 아니, 남의 불면 말고 내 불면 전문가! 그래서 우리는 계단참에 앉아서 우리의 전공 분야를 파고든다. 만성 불면증 탓에 비제 여사의 연구 발표는 말수가 적다.

지난밤 비제 여사는 불면의 모든 단계를 모범적으로 거쳤다. 1단계로 눈을 감았다. 잠을 자고 싶은 사람이라면 나쁜 아이디어는 아닐 것이고, 어차피 한쪽 눈은 감고 있으니 그리 어려운 과제도 아니다.

하지만 금방 도로 눈을 떴다. 정신이 잠을 자겠다는 생각을 눈곱만큼도 안 해서, 감은 눈꺼풀 너머에서 초롱초롱한 생각들이 마구 미쳐 날뛰었기 때문이다. 그래서 비제 여사는 지쳐 잠이 올 때까지 책을 읽기로 했다. 그럴 때는 재미없는 책이 최고일 텐데, 보통 집에는 그런 책이 잘 없다. 그러니 불면을 대비해 돌아버리게 지루한 책을 항상 침대 옆 협탁에 놓아두는 준비 자세가 필요하다. "어떤 책 읽으면 잠이 와요?" 비제 여사가 물어 내가 대답한다. "물고기 구피하고 토목공학이요."

다음 단계로 비제 여사는 호흡에 집중하려 애를 썼지만, 그녀의 노력은 안타깝게도 대부분 호흡곤란으로 끝이 났다.

걸음에 의식적으로 집중하면 갑자기 넘어지기 시작하는 것과 같은 이치다. 비제 여사는 하는 수 없어 양을 세기로 하지만, 이 방법은 비제 여사도, 나도 실제로 한 번도 통했던 적이 없다. 어릴 적에도 양을 세려고 하면 절대로 털이 보송보송한 아기 양이 울타리를 뛰어넘는 게 아니었다. 내 상상의 풀밭에서는 음흉한 늙은 수컷 양들이 딱 버티고 서서 내가 속으로 "뛰어" 하고 속삭여도 들은 척도 하지 않았다. "일찍 일어나면 될 걸 귀찮게 하기는." 수컷 양들이 메— 하고 웃었고, 녀석들의 웃음소리는 담배 피우다 사레들린 기침 소리 같았다.

다음 단계로, 옆에서 잘도 자는 것들을 보면서 순수한 질투심에 짜증이 치밀기 시작한다. 비제 여사의 집에 묵으면서 지금껏 위대한 자매애를 과시하던 비제 여사의 여동생은 편안하게 잠에 빠져 푸푸 숨을 내쉬면서 위대하던 사랑의 항로를 조금씩 그저 그런 사랑의 방향으로 틀어댔다. 이유는 간단하다. 그렇게 보란 듯 잘도 자기 때문이다. 비제 여사의 침대 발치에 몸을 돌돌 말고 누운 고양이도 곤하게 잠에 빠져 비제 여사의 실패를 책망해댔다.

가장 괴로운 단계는 걱정이 밀려드는 시간이다. 이 지점 역시 비제 여사와 내 의견이 같다. 뜬눈으로 지새우는 밤이면 걱정은 운동장에서 괜히 1학년 동생을 붙들고 시비 거는 찌질이처럼 손 하나 안대고도 코 풀 수 있다. 너무 피곤하면 균형 감각이 떨어지는 법, 갑자기 세상만사가 무시무시해진다. 세상 돌아가는 꼴도 걱정이고, GEZ*의 미납요금 독촉장도 무섭다.

도대체가 온통 경고장이다. 잠 못 드는 밤에는 경고장이 우글거린다. 천장에서 침대로 우수수 떨어지고 서명이 없어도 효력이 발생한다. 몇 번이나 말씀드렸는데도 등 아래쪽은 근력 운동을 안 하셨네요. 불쌍한 트라우들 할머니한테 또 전화 안 하셨어요. 수없이 경고했는데 아직도 담배를 안 끊으셨네요. 몇 번이나 말씀드렸는데도 제대로 하는 게 없네요.

머리카락 빼곡히 경고장을 꽃은 채로 비제 여사는 몸을 일으켜 식탁에 앉은 다음, 가리지 않은 한 눈으로 물방울을 노려보았다. 수도꼭지에 매달린 물방울은 아무리 노려보아도 떨어질 생각을 하지 않았다. 어쩌면 물방울도 잠을 자는

---

* 공공요금징수센터. TV나 라디오 같은 공공요금을 징수하는 기관을 말한다.

지 모르겠다.

그녀는 식탁에 엎드렸다. 벌써 날이 샜다. 푹 자고 일어난 건설 노동자가 망치를 휘두르고, 새는 노래를 부른다. 마지막 단계가 왔다. 멍한 체념.

비제 여사는 계단 벽에 머리를 기대고, 나는 계단 난간에 머리를 기댄다. 우리는 기우뚱한 두 마리 부엉이처럼 그렇게 여기에 앉아 있다.

다음에 잠이 안 올 때는 고집불통 양을 세거나 호흡을 세는 짓은 하지 말자고, 우리는 다짐한다. 다음에는 그동안 자지 못했던 밤을 모조리 세어보자고 다짐한다. 각자 40년을 넘게 사는 동안 불면의 밤은 헤아릴 수 없이 많았다. 우리는 깨어 누워 있던 침대를 기억으로 불러올 것이다. 왜 잠을 자지 못했는지 그 이유를 떠올릴 것이다. 아마 별 이유는 없을 것이다. 붙거나 떨어졌거나, 어차피 이제는 중요하지도 않은 시험 때문에 못 잔 것이 아니었다. 너무 시끄럽거나 너무 조용해서도, 너무 덥거나 너무 추워서도 아니었다. 위대한 사랑이 다가오거나 달아났기 때문도 아니었다. 오래전의 그 위대한 사랑은 지금 분명 쿨쿨 자고 있을 테니 말이다. 세상 돌아가는 꼴이 걱정되어서도 아니고, 등 아래쪽이 아파서도 아니며, 정신이 산란해서도 아니고, 우수수 떨어지는 그 모든 경고장 때문도 아니며, 구피와 토목공학이 없어서도 아니었다.

우리는 모든 밤을 통과시킬 것이고, 그러다가 분명 깜빡 잠이 들 것이다. 우리는 수면 전문가가 될 것이다. 그리고 그게 어디든 가리지 않고 잠을 잘 것이다. 벽에 기대서든, 건물 복도의 계단참에 앉아서든.

내면의 형제

어릴 적에 우리 식구는 자주 자동차를 타고 여행을 다녔다. 오빠와 내가 뒷좌석에서 투덕거리기 시작하고, 부모님이 쉬지 않고 돌아가는 동요 카세트를 더는 들어줄 수 없을 때가 되면 아버지는 말씀하였다. "가만히 눈을 감고 내면의 형제와 대화를 나누어보렴." 우리는 내면의 형제가 누구인지 도통 알 수 없었지만, 그래도 그와 아주 잘 지냈다. 역설적인 말 같지만 말이다. 철학자 앨런 와츠는 "역설이란 눈길을 끌기 위해 거꾸로 선 진실이다"라고 적었다.

지금도 여름이다. 숨 막히는 대도시의 여름. 파리 끈끈이라도 붙여 놓은 듯 책상에 아래팔이 쩍쩍 달라붙는다. 그래서 나는 건물 1층에 있는 아힘의 카페로 일터를 옮긴다. 거기엔 적어도 선풍기가 있기 때문이다.

아힘은 카페에 오는 손님들에게 시답지 않은 유머를 던지는 걸로 유명하다. 누가 커피를 주문하면 "200유로요!" 하고 말한다. 누가 샌드위치를 주문하면 항상 그걸 떨어뜨리는 시늉을 한다. 아힘은 유머는 반복해야 더 웃긴다는 미신을 굳건히 믿는다. 그래도 다들 웃어준다. 아힘이 매번 자기 농담에 너무 신나 하는 것이 보기 좋기 때문이다.

그런데 오늘은 카페 공기가 유독 나쁘다. 선풍기가 털털거리고 매가리 없이 돌아가면서 이상한 짓을 하기 때문만은 아니다. 공기가 답답한 것이, 누가 봐도 아힘과 아내가 부부싸움을 한 것이 분명하다. 아힘이 샌드위치 떨어뜨리는 시늉을 하지 않는 것도 처음이다. 그가 그냥 말없이 샌드위치를 주문대에 내려놓는다.

아힘의 아내는 팔짱을 낀 채 벽에 기대 서 있다. "꼭 하고 싶단 말이야." 그녀가 말한다.

내가 아무 자리에나 엉덩이를 걸치고 앉자, 아힘의 아내가 그토록 하고 싶다는 것이 무엇인지 밝혀진다. 하르츠에서 하는 2주 일정의 명상 클래스에 가자는 것이다. 아힘도 같이.

아힘은 이미 명상을 해 본 적이 있다. 그걸 내가 아는 건, 우리가 같은 명상 클래스에 참가했다가 중도하차 했기 때문이다. 당시에 내가 명상을 시작했던 건 내면의 형제와 사이가 좋지 않았기 때문이다. 내면의 형제와 내가 복잡한 장거리 연애를 하는 것 같았다.

아힘과 나는 맨 뒷줄로 가서 와인색 방석에 엉덩이를 내려놓았다. 처음에 명상 선생님은 자기 안으로 들어가 마음을 느껴보고, 진정한 자신의 자아, 그러니까 아마도 내면의 형제를 만나보라고 말했다.

나는 시키는 대로 내 안으로 들어가려 했지만, 대부분 길을 잃어버려서 저 위쪽 어딘가로 접어들었다. 목소리를 억지로 꾸며 진정한 자아인 척하면서 조목조목 욕하고 시비거는 생각 속으로 빠져든 것이다. 그러니까 그 악명 높은 명상의 초보자 단계를 넘어서지 못한 것이다. 생각은 마구 쪼아대고 다리는 아프고 내면의 형제가 깜짝 놀라 슬그머니 꽁무니를 빼는 그 단계 말이나.

아힘도 비슷했다. 여섯 번째 수련을 마치자 우리 둘만 빼고는 모두가 아무 문제없이 명상에 성공하는 듯했다. 모두가 제자리에 앉아 명상하는 광경은 참으로 보기 좋았다. 우리도 그렇게 거기 앉아서, 그렇게 무아이면서 동시에 자아를 만날 수 있었으면 했다. 모두의 내면은 반짝반짝 광이 나는데 우리 내면만 엉망진창인 것 같았다.

여덟 번째 수련에서 우리한테는 명상이 잘 안 맞는 것 같다고 말하자 선생님은 방금 토사곽란을 만났다고 고백한 사람을 보듯 우리를 빤히 쳐다보았다. 그리고 아힘과 나는 본인의 도움과 명상 없이는 절대 우리의 진정한 자아를 만나지 못할 것이라 예언했다. 절대 무심No-Mind을, 절대 고요를 찾지 못할 것이라고 말이다. 안 그래도 선생님은 고요가 너무나 중요하다는 말을 정말 수도 없이 해댔다.

"차도 한잔 주세요." 나는 아힘에게 말한다. "명상을 해야 자신을 알지." 아힘의 아내가 말한다. 아힘은 한숨을 푹 쉬며 내 앞에 찻잔을 내려놓고는, 찻잔 바닥에 지난밤의 아름다운 꿈이 깔려 있기라도 한 듯 찻잔 속을 들여다본다.

그 당시 아힘과 나는 떨리는 심장을 부여안고 명상센터에서 도망쳐 나왔다. 집에 반쯤 왔을 때까지도 둘 다 한마디도 하지 않았다. "후아!" 불안하면 목소리가 커지고 겉옷을 벗어젖히는 내가 더는 못 참고 숨을 토했다. "요즘은 제정신 아닌 것들도 다 명상 타령이야." 우리 건물이 보이자 아힘이 말했다. "자전거 고장 났어요. 수리에 동참할 마음이?"

우리는 뒷마당으로 갔고, 아힘이 자전거를 거꾸로 세우자 역설처럼 자전거 바퀴가 허공에 떴다. 나는 공구 통을 가져왔고 우리는 자전거를 고치기 시작했다. 초가을이었다. 마당의 밤나무가 바람에 바스락거렸고, 우리 넷은 모두 다 바빴다. 아힘과 나, 밤나무와 바람. 내면의 형제는 기분 만빵이어서 완전 우리 편이었다. 우리 모두는 별 생각이 없었다. 아니 사실 아무 생각도 하지 않았다. 그저 가끔 생각 하나가 달려와 크게 외쳤다. "일자 드라이버가 더 나아." 그 말이 맞았고, 사실 생각이란 그러라고 있는 것이다. 도움이 되는 지시를 내리라고.

나는 샌드위치를 먹는다. 아힘의 아내가 명상 클래스에 혼자 가겠다는 결론에 이르기를 바라고, 나아가 아힘의 자전거가 얼른 또 고장이 나면 좋겠다.

아힘이 내 자리로 와서 탁자를 닦는다. 내가 말한다. "계산할게요." 그리고 아힘의 기분을 풀어주려고 이렇게 넛불인다. "200유로죠?"

아힘은 우울한 표정으로 쳐다볼 뿐 웃지 않는다. 하긴 재미없는 농담이다. 그가 천장에 붙은 선풍기를 쳐다본다. 선풍기가 진정하지 못한 자아처럼 털털거린다. 아힘이 말한다. "고장 난 거 같아. 고치러 갈래요?" 그때 쾅 소리가 난다. 나는 뭔가 떨어졌다고 생각한다. 하지만 그건 그저 내면의 형제가 다른 형제의 손을 툭 치느라 발생한 소음이다.

"두말하면 잔소리죠." 내가 말한다.

따라왔어요

내 친구 막스는 동창회에 한 번도 안 갔다. 올해로 그가 고등학교를 졸업한 지 25년이다. 나는 이번 동창회는 참석하라고 막스를 설득했고, 그 바람에 어쩔 수 없이 지금 그를 따라가고 있다. 이번 동창회가 "가족 동반"인데, 막스는 현재 가족이 없으므로 마지못해 내가 가게 된 것이다.

기차를 타고 막스의 고향으로 가면서 우리는 학창 시절 이야기를 한다. 막스는 실험을 하나가 엄지손가락을 잃은 화학 선생님 이야기를 들려준다. 그래서 엄지발가락을 잘라서 엄지손가락이 있던 자리에 갖다 붙였노라고, 아주 구체적으로 이야기해준다.

화학 선생님은 늘 샌들에 양말을 신었다. 막스가 화학 성적을 연달아 "F"를 받은 이유는 수업에 집중할 수 없어서가 아니라 화학 선생님을 늘 뚫어지라 쳐다볼 수밖에 없었기 때문이다. 정확히 그가 노려본 것은 선생님의 엄지발가락이 아니라 그 발에 비어 있는 자리였다. "아무것도 없으니까 발가락이 있어야 할 그 자리에 양말 주름이 생겼거든." 기차 안에서도 여전히 충격 먹은 표정으로 막스가 말한다.

나는 짝사랑했던 올리버 이야기를 들려준다. 올리버 때문에 쓴 일기장의 무게가 적어도 3킬로는 되었는데, 그중에 시도 몇 편 있어서 『브라보』에 응모해봤지만 소식은 없었다. 그렇지만 올리버는 모두가 그랬듯 카티를 좋아했다. 머리카락이 비단결 같고 피부가 깨끗했던 카티를 말이다. 카티와 올리버는 나중에 커서 마이애미로 이민을 가겠다고 했다. 나는 구글에서 올리버를 검색해봤다. 마이애미가 아니라 도르트문트의 한 구청에서 일하고 있었다.

나도 그랬듯 막스 역시 좋아해주는 사람이 하나도 없었다. 나도 그랬듯 막스도 뺨에 누런 고름을 매단 여드름이 성했고, 목 아래로 갈 길을 잃은 사춘기 몸뚱이를 천막 같은 티셔츠로 덮어보려고 발버둥을 쳤다. 느낌표를 거느린 아이스크림 색깔 대문자 글씨가 휘황찬란한 그 80년대 티셔츠 말이다. 거기엔 "FUN!"이나 "NO FEAR!"라고 적혀 있었다. 이런 메시지가 우리의 기분을 지칭한다고 생각했겠지만, 당연히 말도 안 되는 거짓말이었다. 지금, 기차를 타고 가면서 나는 생각한다. 사실은 "NO FEAR!"라고 적힌 티셔츠를 입은 그 사람을 무서워해야 한다고 말이다. 그리고 우리 티셔츠에 진실하게 "절망!"이나 "존나 기분 나빠!" 같은 글자가 적혀 있었다면 어땠을까 상상해본다. 피스타치오 아이스크림 같은 기분 나쁜 초록색으로 글자를 적고 마지막에 느낌표를 꽉 찍었다면.

막스는 미하엘라(비단결 머리카락, 깨끗한 피부)를 좋아했노라고 털어놓는다. 언젠가 그가 용기를 내어 그녀에게 말을 붙였다. 언젠가 그가 그 천막 티셔츠를 입고서 다짜고짜 그녀의 앞길을 막고는 며칠 밤을 고민해 떠올린 한 문장을 내뱉었다. 막스가 생각하기에는 너무너무너무 아름답고 진실해서 미하엘라가 그 자리에서 딩징 그 문장은 물론이고 막스에게도 홀딱 빠져버릴 그 한 문장을. 그러니까 막스는 가진 용기를 모조리 쥐어짜내어 거기 서서는 힘주어 이렇게 말한 것이다. "미하엘라. 근데 나 지금 취미공작잡지 『메카니쿠스』구독해."

막스와 미하엘라는 아름다움을 바라보는 눈이 정말로 달랐다. 미하엘라가 막스를 사람 키만 한 여드름을 보듯 빤히 쳐다보다가 깔깔깔 비웃었다. 아주 오랫동안, 아주 큰 소리로. 막스는 평소답지 않게 잽싸게 달아났고, 그렇게 냅다 달리는 동안 모든 것이 출렁거렸다. 용기와 뱃살뿐 아니라 비천한 인생 전부가.

막스의 동창회는 술집에서 열리고, 나는 따라온 사람에 불과하기에 조용히 지켜볼 수가 있다. 막스와 나는 동갑이다. 동창들 얼굴에서 한편으로는 아직 "20세 이하" 얼굴을 알아볼 수 있을 것도 같지만, 또 한편으로는 20년 후에 그들이 달고 다닐 얼굴이 이미 짐작이 된다.

기분 좋은 동창회이다. 동창회에서만 듣는 그 앞도 뒤도 없이 다짜고짜 던지는 질문을 나는 끊임없이 듣는다.

"근데 너 8학년 때 왜 나랑 말 안 했어?"

"엥? 네가 나랑 말 안 했잖아."

또는.

"그때 네가 나한테 하도 지랄 맞게 굴어서 내가 얼마나 괴로웠는지 알아?"

"내가 왜 그런 짓을 했겠어. 너한테 완전히 뻑 갔으니까 그랬지."

막스는 신이 나서 쪼글쪼글 주름진 화학 선생님과 이야기를 나눈다. 선생님은 여전히 샌들에 양말을 신고 왔는데, 정말로 발가락이 없는 양말 자리에 주름이 잡혀 있다.

"미하엘라도 왔어?" 내가 묻는다. "잠깐만." 막스가 대답하고는 둘레둘레 살핀다. "저기 뒤에 있는 쟤 같은데." 그가 한 여성을 가리킨다. 이제 더는 비단결 같은 모습이 아니라 도르트문트 구청 느낌을 풍긴다. 은근히 기뻐하는 나를 발견한다.

시간 여행을 할 수 있다면 어떨까, 나는 생각한다. 미하엘라가 크게 웃는 바람에 놀라 달아나는 뚱뚱한 여드름쟁이 꼬마 막스 옆에서 함께 달리는 내 모습을 상상해본다. "막스야, 안녕. 나는 미래에서 왔어." 나는 헐떡대며 말할 것이다. "나는 그저 네가 취미공작잡지 『메카니쿠스』를 구독한다니, 성발 내단하다는 말을 해주고 싶어. 지금 너는 저 미하엘라를 피해서 달아나는 중이고, 저 아이가 네 인생을 완전히 망

31

친 것 같겠지만 한 30년쯤 지나고 나면 저 아이에 대해 '잠 깐만. 저기 뒤에 있는 쟤 같은데'라고 말하게 될 거야."

아마 그 말은 털끝도 위로가 되지 않을 것이다. 아마 막스는 나를, 미친 늙다리 아줌마를 얼른 떼어내려고 더 빨리 달릴 것이다. "30년쯤 지나고 나면"이라는 시간은 아마도 열네 살짜리 아이를 더욱 절망에 빠뜨리기만 할 것이다. 열네 살짜리의 귀에 "30년쯤 지나고 나면"이라는 말은 "절대로 그런 날은 오지 않는다"는 말로 들릴 것이니 말이다.

족히 세 배는 더 먹은 나의 귀에도 내가 30년이라는 너른 땅을 거뜬히 굽어볼 수 있다는 사실이 문득 말도 안 되는 소리로 들린다. 안타깝게도 갑자기 그 땅에서 알아볼 수 있는 것이 하나도 없다. 풍경이랄 것 없는, 잿빛이어서 텅 빈 땅 같다. 막스의 여자 동창 하나가 내 손에 맥주잔을 쥐여 주며 묻는다. "그래, 넌 뭐 하고 살아?"

"빈 양말에 주름 잡아"라고 우중충하게 대답하고 싶지만, 나는 이렇게 대답한다. "따라왔어요."

게르트루트 간호사와 행복한 어린 시절

응급실 간호사인 게르트루트는 전혀 게르트루트 같이 안 생겼다. 분홍색 쇼트커트 머리에 키가 어찌나 큰지, 팔을 살짝만 쳐들어도 병원 지붕의 글자 Charité의 악상떼귀에 묻은 먼지를 털어낼 수 있을 것 같다. 그녀는 서른에서 쉰 사이 어딘가에서 도통 늙지를 않으며, 양팔로 사람을 번쩍 들 수도 있고, 나와 울리히 삼촌을 구급차에서 내리고 옮기는 모습은 나와 울리히 삼촌을 태우고 온 구급차만큼이나 건장하다. 우리가 여기에 있는 이유는 울리히 삼촌이 갑자기 몸을 움직일 수가 없기 때문이다.

갑자기 손발을 움직일 수만 없어도 이미 드라마틱하기 이를 데 없지만, 막상 여기에 오니 우리 정도는 경증이다. 여기선 머리와 심장이 여전히 정해진 대로 저 할 일을 하고 있으면 경증이다.

울리히 삼촌은 간이침대에 누워 있고, 나는 그 옆에 앉아 있다. 우리 주변으로 두 개의 눕는 의자가 놓여 있다. 한쪽 의자에는 옷을 다 벗은 보라색 남자가 암모니아와 쓸개즙 냄새를 풀풀 풍기며 누워서는 주기적으로 고함을 지른다. 다른 쪽 의자에는 몸집이 작은 파파할머니가 머리가 찢어져서 누워 있다. 우리는 의사가 오기를 기다린다.

게르트루트는 불규칙한 간격으로 달려 들어온다. 그녀는 돌진과 급제동에 탁월하다. "나 왜 이래요?" 울리히 삼촌이 게르트루트에게 묻는다. 딱 봐도 겁을 잔뜩 집어먹었다. "잘 모르겠어요. 제가 의학을 공부한 게 아니라서요. 하지만 환자분의 두려움도 의학을 배운 건 아니죠." 게르트루트가 말한다. 그러고는 다시 달려나간다. 우리는 그녀의 뒷모습을 귀신 보듯 쳐다본다. 두려움은 의학을 배우지 않았다. 그 한 마디만으로도 나는 게르트루트에게 공로십장훈장을 달아 주고 싶다. 두려움은 모르는 것이 없는 척, 다 공부한 척하지만, 녀석의 졸업장은 전부 다 가짜다.

게르트루트가 다시 등장한다. 물뿌리개 같은 것을 들고 와서 보라색 나체 남자 얼굴에 뿌린다. "환자분, 혈중알코올 농도 0.12%이면 맥주 두 잔보다는 많겠어요." 그렇게 말하고는 다시 울리히 삼촌의 침대로 다가와서 속삭인다. "제가 보기엔 그냥 추간판 같아요." 울리히 삼촌의 얼굴이 환해진다. 우리는 게르트루트의 말을 정말로 믿고 싶다.

"저는 게르트루트 간호사예요." 그녀는 이제 머리가 찢어진 할머니한테 말을 건다. "어디에 부딪히셨어요?"

"머리에." 할머니가 작게 말한다. "오른쪽 아니면 왼쪽?" 게르트루트가 묻지만 안타깝게도 할머니는 웃지 않는다. 게르트루트가 다시 묻는다. "오늘 며칠인지 아세요?"

할머니는 열심히 생각한다. 수학 선생님한테 갑작스레 질문을 받은 아이처럼 할머니 얼굴에 열이 확 오른다. 다행히 게르트루트가 마음을 후하게 먹는다. "그럼 지금이 몇 월일까요?"

할머니는 여전히 말이 없다. 게르트루트가 묻는다. "6월일까요? 10월일까요?" 할머니가 "10월?" 하고 되묻자 게르트루트가 대답한다. "빙고." 그러고는 달려나간다. 응급실에서는 대충 10월이라는 것만 알아도 머리에 별 이상이 없다.

할머니는 혼자다. 몇 시간째. 가족이 하나도 없는 독거노인이라는 확신이 들 무렵 콧수염을 기른 남자가 숨을 헐떡이며 달려 들어온다. "엄마!" 그가 할머니에게 말한다. "뭐하다 이랬어?" 할머니에게 야단을 칠 사람이 있어서 나는 기분이 좋다.

울리히 삼촌은 게르트루트에게서 추간판탈출인 것 같다는 말을 들은 후로 눈에 띄게 호전된다. 삼촌이 평소 좋아하던 놀이를 시작한 것을 보면 알 수 있다. 우리 가족 중에는 심리상담가가 몇 사람 있는데 울리히 삼촌도 그중 하나여서, 어디서 기다릴 일이 있으면 늘 같이 기다리는 사람들의 어린 시절과 노이로제를 지어보고, 그 노이로제를 치료할 가장 효과적인 치료법을 고민한다. 울리히 삼촌의 이마 뒤에서 고래고래 소리치는 나체 남자의 어린 시절이 훤히 보인다. 그 장면에는 원가족의 알코올 중독과 그가 어린 시절에 되풀이해서 느꼈던 수치심도 들어 있다는 데에 내기를 걸어도 좋다.

"마실 거 좀 갖다 줘." 울리히 삼촌이 말한다. 나는 할 일이 생겨서 기분이 좋아진다. 병원 복도로 나간다. 금색 호일로 완전히 칭칭 감긴 몸뚱이가 내 옆을 지나간다. 오토바이 헬멧을 손에 든 여자가 그 뒤를 따라간다. 내가 음료 자판기를 발견한 것은 순전히 그녀가 거기에 기대 서 있기 때문이다. 그녀는 헬멧 안에 지금까지의 삶이 들어 있기라도 한 듯 헬멧을 응시하고 있다. 나는 정말이지 소리 내지 않고 동전을 자판기에 넣으려고 용을 쓴다. 그 여자를 방해하고 싶지 않다. 그녀는 모름지기 생각할 것이다. 지금은 온 세상이 소리를 내지 말아야 한다고, 지금은 절대로 동전이 그냥 그렇게 자판기를 통과하며 짤랑거려서는 안 된다고. 하지만 동전은 여지없이 짤랑짤랑 소리를 낸다. 동전은 그러거나 말거나 신경 쓰지 않으니까. 나는 허리를 굽혀 음료 배출구의 덮개를 치켜들고서 이제 곧 카프리썬 하나가 등장할 작고 검은 구멍을 들여다본다. 눈앞에 투명한 작은 점들이 떠다닌다. 우리가 이미 아주 오랫동안 응급실에 있었다고 일러주는 점들이다. 바깥이 6월인지 10월인지 헷갈릴 만큼 오랫동안.

응급실에서 시간은 게르투르트 간호사처럼 행동한다. 때로는 도움닫기도 없이 풀썩 뛰고, 때로는 급세동을 한다. 카프리썬을 들고 울리히 삼촌의 간이침대로 돌아왔을 때는 시간이 생각보다 훨씬 많이 지나 있다. 이제 울리히 삼촌은 침대 옆에 서 있다. 상당히 삐딱하기는 해도 어쨌든 서 있다.

"그냥 추간판탈출이래." 삼촌은 서서 생일을 맞은 아이처럼 환하게 웃는다. "기가 막힌 주사를 맞았어." 그러더니 소리 죽여 속삭인다. "의사가 정말 친절해. 하지만 내인성 우울증과 싸우는 것 같아. 아마 엄마가 공감 능력이 없었을 거야."

동에 번쩍 서에 번쩍 하는 게르트루트가 말한다. "이제 집에 가셔도 됩니다." 그러고는 울리히 삼촌에게 악수를 청한다. 울리히 삼촌은 국가행사에 참석한 사람처럼 양손으로 그녀의 손을 붙잡고 힘주어 오래오래 흔들고는 말한다. "게르트루트 간호사는 어린 시절이 정말 행복했기를 바랄게요."

온갖 근심

매주 수요일에는 대녀 리자를 만난다. 리자는 열여섯 살이고, 지난 몇 주간 내내 그랬듯 이만저만 크지 않은 실연의 아픔을 데리고 나온다. 아니, 실연의 아픔이 리자를 데리고 나온다는 말이 더 옳다. 실연의 아픔이 리자를 데리고 다니고, 거인 같은 그 실연의 아픔에 가려서 리자가 거의 안 보일 지경이다.

원인 제공자는 마그누스이다. 마그누스는 리자와 같은 학교에 다니고, 지난 빈년 동안 리지의 위대한 사랑이었지만, 연상 누나 때문에 문자로 리자에게 이별을 통보했다. 당연히 쓰레기다. 지난 몇 주의 수요일마다 그랬듯 나는 리자의 상심이 내게로 걸어올 때면 마그누스에게 문자를 보내고 싶다. 거기 이렇게 쓰고 싶다. 어떻게 리자같이 똑똑하고 유쾌하고 예쁜 아이를 그렇게 비열한 방법으로 떠날 수 있는 거지? 게다가 네 이름 정말 별로야. 위대*는 개뿔, 이 개새야.

지지지난 주 수요일에 리자는 마그누스의 문자를 읽고 또 읽어주었다. 자주 소리 내어 읽기만 하면 문자 내용이 절로 변하리라 기대하며. 그리고 자기가 그르쳤을 수도 있을 일들을 조목조목 늘어놓았다. 리자가 생각하기에는 자기 잘못이 많았고, 잘못은 시간이 갈수록 점점 늘어났다. 나는 그 모든 잘못을 쓸어내고 반박하려 애썼고, 마그누스를 향한 나의 분노를 조금이라도 리자한테 장착해주려 애썼다. 하지만 소용없었다.

지지난주 수요일에는 기분 전환을 시도했다. 리자가 동물 다큐멘터리를 좋아해서 그런 다큐멘터리를 하나 빌렸다. 그런데 하필이면 평생 서로의 곁을 지키는 새 부부가 등장했다. 한쪽이 죽으면 남은 한쪽이 비행을 하다가 도중에 날

---

* 마그누스Magnus는 라틴어로 "위대한"이라는 뜻이다.

개를 접어 그대로 떨어져 죽는다.

지난주에는 수영을 하러 갔다. 몸을 움직이면 불쾌한 생각이 덜할 것이라 생각했다. 리자는 수영장 안에 서서 수경을 쓴 채로 울었다. 제일 마지막으로 수영을 한 것이 마그누스와 함께였기 때문이다. 마그누스가 온 세상을 망쳐버렸다.

오늘도 수요일, 우리는 공원에 간다. 둘이 말없이 걷다가 이웃집에 사는 폴 씨와 미니어처 핀셔 잡종 로리를 만난다. 나는 서로 인사를 시킨다. 모두 잠시 어쩔 줄 몰라 하며 서 있다가 폴 씨가 묻는다. "나도 같이 걸어도 돼요?"

리자가 고개를 끄덕인다. 리자가 끄덕인 이유는, 머리 위에 '온갖 상심'이라는 글자가 둥둥 떠 있기라도 하듯 폴 씨가 슬픔이라면 모르는 것이 없는 사람 같이 보이기 때문일 것이라 짐작한다. 우리는 다섯이서 말없이 걷는다. 리자가 목줄을 채운 로리를 데리고 가운데에 서고, 폴 씨와 내가 리자의 양쪽으로 선다. 그리고 실연의 상심이 잘난 척하는 패키지여행 가이드처럼 꼿꼿하게 앞장서서 걷는다.

폴 씨가 질문을 담은 표정으로 리자의 머리 너머로 나를 쳐다본다. 나는 소리 없이 입을 찌부러뜨려 '실연'이라고 대답하고, 폴 씨는 깜짝 놀라서 고개를 끄덕인다. 나는 로리의

줄을 쥐지 않은 리자의 손을 잡고 공원에 온 사람들을 구경한다. 말이 소용이 있다면 나는 리자에게 말해주고 싶다. 여기 공원에 온 사람들도 거의 다가 분명 이겨내지 못할 실연의 아픔을 겪었을 것이라고, 어쩌면 로리도 그랬을지 모른다고 말이다. 수상스키선수가 밧줄을 부여잡듯 리자가 "지나갈 거야"라는 말을 꽉 붙들 수 있기를 나는 바란다.

지나갈 거야. 폴 씨와 나는 생각한다. 16살 소녀가 겪는 실연의 상심 뒤를 따라 걷다 보면 제일 먼저 그 말이 떠오르기 때문이다. 머리를 스쳐 지나가는 또 하나의 말은 죽을힘을 다해서 꾹 참는다. 훨씬 더 나쁜 일이 닥칠 거야, 라는 말. "첫 상처가 가장 깊어the first cut is the deepest"라고 우기던 캣 스티븐스Cat Stevens는 틀렸다. 나중에 리자를 찾아올 사랑의 상심에 견준다면, 더 크고 더 고집 셀 아픔에 견준다면 여기 이 상심은 아무것도 아니라고, 폴 씨와 나는 몰래 생각한다. 그리고 폴 씨와 나와 우리의 생산적이지 못한 인생 경험은 동시에 혀를 깨문다.

어떤 여자가 통화를 하면서 우리 쪽으로 걸어온다. 그녀가 들고 있는 에코백에는 분홍 장식체로 이렇게 적혀 있다. "All feelings are welcome(모든 감정은 환영이에요)." 나는 그녀를 향해 마음속으로 말한다. '그 가방 좀 다시 확인해보시죠. 그리고 나의 리자를 좀 보세요.' 리자가 데리고 다니는 실연의 상심은 도무지 반갑지 않다. 그 상심에게 지어보이는 '환영'의 미소는 그 누구에게도 옳지 않다. 상심에게도, 그 주인에게도.

우리가 네 번째로 공원 입구를 지나가고 있을 때 폴 씨가 침묵을 깬다. "로리 사료 사러 가야 하는데, 같이 갈래요?" 그가 묻는다.

나는 리자를 쳐다본다. 리자가 고개를 끄덕인다. 리자의 상심은 기분 전환이나 논리로는, 억지로 밀어내거나 환영 파티를 열어서는 해결할 수 없다. 이미 와 있다면, 당분간 계속 이어갈 삶으로 녀석을 데리고 갈 수밖에 없다. 그러니 그 삶이 앞으로 30분 동안 펫숍에서도 이어지지 않을 이유가 무엇이겠는가. 마그누스가 펫숍마저 추억으로 오염시켰을 것 같지는 않다.

잠시 후 우리는 애견용품이 전시된 좁은 통로를 차례차례 걸어간다. 공기가 답답하고 사방에서 낑낑, 바스락, 웅얼웅얼 소리가 들린다. 자기가 뭘 그르쳤을지 고민하는 머릿속에서 들리는 소리 같다.

우리는 신기한 물건들을 만난다. 수족관 장식용으로 쓰는 미니어처 성 유적지, 고양이용 식수 분수대, 햄스터용 의자겸용 침대. 한 매대 앞에서 폴 씨가 걸음을 멈춘다. 어찌나 갑작스럽게 멈추었는지 남은 우리가 하마터면 와르르 엎어질 뻔한다. 폴 씨가 목줄을 가리킨다. 심리 안정용 목줄이다. 무슨 물질을 분비하여 '지속적인 심리 안정'을 보장한다고 실제로 포장지에 적혀 있다. "이거 대단하네요." 폴 씨가 말하며 리자를 쳐다본다. "곧 사람 것도 나오겠어요. 꽉 붙잡고 있어요. 슬픔이 어디 못 가게 꽉." 리자가 미소를 짓는다. 아주 잠깐이지만 어쨌든 미소를 짓는다. 그리고 그 미소가 이 펫샵 전체를, 이 수요일 전부를 환히 밝힌다.

늘 있었던 것과 한 번도 없었던 것

　며칠 전부터 우리는 울리히 삼촌의 심리상담실을 정리하느라 바쁘다. 삼촌은 지난 30여 년간 심리상담을 했는데, 이제 그만 상담실 문을 닫을 참이다.

　거의 끝났다. 환자들이 눕던 카우치만 아직 제자리에 놓여 있다. 지금 그 카우치에 울리히 삼촌이 앉아 있다. 청소와 작별, 둘 다에 지쳐서. 책장을 해체하고 책을 내다 버리고 카펫을 돌돌 만다. 그건 다 어느 정도 마무리가 되었다. 울리히 삼촌이 카우치 뒤편에 비스듬히 놓아누고서 늘 앉던 안락의자도 마음 편히 떠나보냈다. 그런데 카우치와의 작별은 유독 힘들어한다. 울리히 삼촌은 이제 금방 대형 쓰레기로 내어놓을 것이 낡은 가구가 아니라 자기 자신인 양 카우치를 쳐다본다.

나는 바닥에 앉아서 쓰던 칫솔로 라디에이터 골을 박박 문지르고 있다. 울리히 삼촌은 이제 휑한 벽을 쳐다본다. 책장과 거기 걸어두었던 그림이 벽에 거무스름한 자국을 남겼고, 여기저기 벽에 박힌 못들도 그대로다. 이 모든 것이 우악스럽게 알려준다. 수십 년간 그 자리에 있던 것이 한순간에 사라질 수 있다는 사실을.

"가장 잊을 수 없는 것은 벽이었다." 울리히 삼촌이 쉰 목소리로 말한다. "이 방들의 질긴 삶은 짓밟힐 수 없었다. 삶은 아직 거기 있었다. 아직 박혀 있는 못에도 남아 있었다." 열에 아홉은 릴케의 한 구절일 것이다. 울리히 삼촌은 가족 모임에서 릴케를 자주 인용한다. 특히 장례식에서 자주 그런다. 지금 그의 눈을 보니 거의 장례식 분위기이다.

나는 때 묻은 칫솔을 들고 삼촌 옆에 걸터앉는다. "그냥 여기 영영 앉아 있을까 봐." 그가 말한다. 나는 삼촌의 등을 쓸어준다. "삼촌은 자기 카우치에서 연좌 농성하는 심리상담사야." 내가 말한다. 그 말에 울리히 삼촌이 미소를 짓지만 아주 잠깐이다. "여기 이 모든 것이 두 번 다시 돌아오지 않을 거야." 그가 말한다. "이 카우치도 몇 시간 후면 영영 사라질 테니까." 완전히 삶의 끝에 이르지 않은 사람은 '영영'이나 '두 번 다시' 같은 말을 할 권리가 없다고 내게 말했던 사람이 다름 아닌 울리히 삼촌이었다는 생각이 떠오른다. 인생의 끝에 이른 사람만 '영영'이나 '두 번 다시'를 판단할 수 있으니까.

오늘 생의 끝에 이르러서 '두 번 다시'와 '영영'을 판단해도 좋을 카우치는 검푸른 색의 골이 넓은 코듀로이 커버로 덮여 있다. 내 손에 들린 칫솔이 이렇게 더러운 것을 보면 그동안 커버를 한 번이라도 빨았는지는 묻지 않는 편이 나을 것이다.

나는 어릴 때부터 이 카우치를 보아왔다. 초등학교 다닐 때 화요일 오후마다 울리히 삼촌이 나를 봐줬다. 그런데 학교가 파하고 삼촌의 상담실로 가도 삼촌이 아직 할 일이 남았을 때가 많았다. 그럴 때면 삼촌은 지금은 들어내어버린 책상에 앉아 있었고, 나는 카우치에 누워 있었다. 내 다리가 짧아서 카우치 끝에 깔아놓은 신발 매트에 닿지 않았으므로 나는 신발을 벗고 올라갔다. 오늘은 어떤 사람들이 또 울리히 삼촌한테서 "마음 수리"를 받았을까 궁금했던 기억이 난다. 누군가 울리히 삼촌이 하는 일이 그것이라고 내게 말해주었던 것이다. 그래서 나는 사람 마음도 양말이나 빗물받이처럼 수리를 할 수 있다고 생각했다.

고래 사진집을 자주 봤던 기억이 난다. 울리히 삼촌의 상담실에는 동물 책이 많았다. 자고로 심리상담사라면 각종 포유류를 잘 알아야 한다고 삼촌은 생각했기 때문이다. 고래의 크기에 놀랐던 것보다 고래 심장이 가끔 1분에 두 번밖에 안 뛴다는 사실에 더 놀랐던 기억도 난다.

울리히 삼촌이 책상에서 카세트를 들었던 기억도 난다. 환자와 상담 시간에 녹음한 내용이었다. 어떤 말을 들었는지는 하나도 기억나지 않지만, 카세트에 녹음된 수많은 침묵과 울리히 삼촌이 뭔가 기록하려고 누른 정지 버튼의 달칵 소리는 기억이 난다. 또 테이프가 엉키는 바람에 삼촌이 뒤엉킨 꿈 이야기와 침묵이 가득 든 그 갈색 테이프를 풀려고 낑낑대며 내뱉던 그 찰진 욕도 생생하게 기억난다.

어느 화요일에 학교에서 이를 잡아 왔던 기억도 난다. 나는 그 이를 카우치의 머리맡에 풀었고, 이는 거기서 환자들의 머리로 옮겨갔다. 화요일 저녁의 환자들이 모조리 머리를 벅벅 긁어대던 이유를 울리히 삼촌이 알게 된 것은 한참 후의 일이다.

우리가 나란히 카우치에 앉은 이 순간, 나는 울리히 삼촌에게 제일 첫 환자가 기억나는지 묻는다. "당연히 기억나지." 그가 말한다. "젊은 남자였는데 자기 인생은 아무 일도 일어나지 않는다고 생각했어." 그가 한숨을 쉰다. "하지만 그 사람이 꾸는 꿈은 정말이지 어마어마했거든."

우리는 뒤로 기댄다. 비스듬하게 기댄다. 너무 피곤하다. 나는 부스스 일어난 파란 코듀로이를 손으로 쓰다듬으며 속으로 질문한다. 얼마나 많은 얽힘과 풀림이, 얼마나 많은 꿈이, 얼마나 많은 이와 침묵과 바지가 여기에 누웠을까?

그러다 우리는 거의 동시에 잠이 든다. 나의 삼촌 울리히와 내가. 삼촌이 웅얼거리는 소리가 여전히 들린다. "우리가 붙들고 씨름하는 것들이 얼마나 하찮은가요. 우리를 붙들고 씨름하는 것들이 얼마나 위대한가요." 지금 저 구절은 확실히 릴케이다. 내 손에서 칫솔이 미끄러진다. 나도 꿈을 꾼다. 꿈속에서 파란 코듀로이 카우치가 고래만큼 커진다. 그리고 이 방에서 사연을 털어놓았던 모든 환자의 모든 꿈이 밀물처럼 밀려와 삼촌과 나를 태운 카우치를 천천히 들어올린다. 그들의 침묵, 지난 30년의 침묵 중에서 최고의 침묵인 그 환자들의 침묵도 카우치와 우리를 밀어 올린다. 꿈속에서 카우치는 심장이 있는데, 이따금 그것이 1분에 두 번밖에 안 뛴다. 파도가 잔잔해지면서 우리는 미끄러지듯 떠다니고 삼촌은 미소를 지으며 "어마어마해"라고 말한다. 이어지는 삼촌의 말들은 릴케의 꿈에서나 들을 수 있을 말이다.

인생에서 확실한 것은 세 가지

열 살 우리 아들이 국어 시간에 속담 공부를 하다가, 집에 가서 이웃 사람들에게 좋아하는 속담을 물어보자는 아이디어를 떠올린다. 그런데 오늘은 살짝 부끄럽다면서 나더러 같이 가달라고 부탁한다. 나는 긴장한다. 속담이라고 다 좋은 것은 아니라서, 엄청 마음에 안 드는 속담도 있을 수 있으니 말이다. 나쁜 일을 당한 사람한테 은근 고소하다 생각하며 주제넘게 참견하는 그런 속담도 있으니까. 가령 "밤 앞에서 낮을 칭찬하지 말라"*는 속담 같은 것이 그렇다. 무슨 표현이 그런가? 열심히 음식을 해서 한 상 그득히 차려놓고도 밤에 싱크대로 후드가 떨어질 수 있으니 미리 좋아하면 안 된다는 말인가?

"아침 시간은 입에 황금이 그득하다"**는 속담도 밤새도록 말 많은 귀신하고 씨름하고 일어난 사람한테는 놀리는 소리로밖에는 안 들린다. 아침 시간의 입에 든 황금이라는 말을 들으면, 나는 항상 안 들어둔 치아보철보험이 떠오른다. 또 "선물 받은 나귀는 트집 잡지 말라"는 속담처럼 굳이 아침 시간의 입속을 들여다보며 시비를 걸고 싶지도 않다.

우리는 제일 먼저 아힘에게 가서 좋아하는 속담이 뭔지 묻는다. 우리 건물 1층의 카페 주인 말이다. 그는 별 고민 없이 바로 대답한다. "늙은 여우는 덫에 잘 안 걸린다." 그가 그 속담을 꼽은 이유는 또다시 금연을 시작했기 때문이다. 아힘은 40대 중반이다. 학교 다닐 때부터 담배를 피웠는데, 한참 전부터 담배를 끊고 싶어 했다. 침도 맞아보고 최면치료도 받아보고 니코틴 패치도 붙여봤다. 담배 대신 당근, 막대과자, 연필도 물어봤고 심지어 어떤 코치의 충고를 듣고 담배에게 작별 편지도 쓰기 시작했다. (물론 아힘의 그 중독이

* "김칫국부터 마시지 마라"는 우리 속담과 같은 뜻이다.
** "일찍 일어나는 새가 벌레를 잡는다"는 속담과 같은 뜻이다.

란 놈이 주인에게 자고로 글이란 담배를 피워야만 나오는 것이라고 우기는 바람에 편지는 완성되지 못했다.) 비루먹은 파파할머니 여우인 중독은 모든 덫을 용케도 피해간다.

"감사합니다." 우리 아들은 인사를 하고 아힘의 속담을 받아 적는다. 유일하게 그 속담 뒤에만 괄호 안의 물음표를 붙이지 않는다.

다음 차례로 우리는 얼마 전에 은혼식을 올린 슈베르터스 씨의 집 초인종을 누른다. 슈베르터스 씨와 그의 아내는 문 뒤에 서서 우리가 오기만 기다린 것 같다. 문자마자 속담이 쏟아져 나온다. "오늘 하나가 내일 둘보다 낫다." 슈베르터스 씨가 말한다. "페르시아 속담이란다." 우리 아들이 이마를 찌푸리며 인상을 쓴다. "내일 축구 수업 있으면 안 그런데요."

"세월이 약이다. 몽골 속담이야." 슈베르터스 씨가 말한다. "지금 심근경색이 올라온다면 그렇지가 않지." 그의 아내가 그건 아니라는 표정으로 쳐다보며 말한다. "뜻이 있는 곳에 길이 있다." 슈베르터스 씨가 속담 총알을 재장전한다. "엘리베이터에 갇힌 사람한테 그 말 한번 해보시지 그래." 슈베르터스 부인이 또 걸고넘어지자 슈베르터스 씨가 한숨을 푹 쉬며 다른 속담을 던진다. "이번에는 아일랜드 속담이야. 야단맞고 싶거든 결혼해라."

"오랜 사랑은 녹슬지 않는다." 이번에는 슈베르터스 부인이 말한다. 그 말은 진심에서 우러나온 말이고, 나는 슈베르터스 부인의 녹슬지 않는 오랜 사랑이 정말로 슈베르터스 씨를 향한 사랑일까 궁금하다. 그녀가 얼마 전 은혼식 분위기에 휩쓸려 오래전에 이미 끝났다고 믿었던 사랑을 카페에서 다시 만났을지도 모른다는 상상을 해본다. 전혀 끝나지 않았던 사랑이 카페의 문을 열고 나타나던 순간 지구가, 심장이, 손이 덜덜 떨렸을지 모른다.

우리 아들이 속담을 받아적는다. 딱 봐도 아직은 사랑이 얼마나 녹에 취약한지 고민할 필요가 없을 것 같다.

"나도 하나 알아." 우리가 비스베르크 씨네 집 앞에서 기다리는 동안 내가 말한다. "절대라고 말하면 안 된다." 우리 아들이 그건 자기도 안다고 한다. "절대라고 말하면 안 된다"는 울리히 삼촌이 좋아하는 속담이다. 삼촌은 같은 제목의 제임스 본드 영화 포스터를 상담실 카우치 위에 붙이고 싶어 했지만 안타깝게도 숙모가 반대했다. 울리히 삼촌이 이 속담을 들먹일 때는, 누군가를 어디서건 끌어내리거나 끌어올릴 때이다. 오늘부터는 두 번 다시 행복하지 않을 거라거나 두 번 다시 불행하지 않을 것이라고 누군가가 주장할 때 말이다.

비스베르크 씨는 일단 구미베어* 한 봉지를 가져와서는 거기서 곰돌이 젤리를 듬뿍 꺼내 우리한테 주고 자신도 먹는다. 비스베르크 씨는 세무서 직원이다. "인생에서 확실한 것은 두 가지다." 그는 구미베어를 입안 가득 물고서 말한다. "하나는 세금."

"다른 하나는요?" 우리 아들이 묻는다.

비스베르크 씨는 우물대던 입을 멈추고 불안한 표정으로 나를 쳐다본다. 우리 모두가 죽을 수밖에 없다는 사실을 우리 아들이 이미 알고 있는지 모르기 때문이다. 내가 말한다. "죽음." 나와 동시에 비스베르크 씨도 말한다. "구미베어." 우리 아들이 미심쩍은 표정으로 쳐다보자 비스베르크 씨와 내가 이번에도 동시에 말한다. "둘 다."

비스베르크 씨가 어흠어흠 헛기침을 한다. "내가 잘못 알았어." 그가 말한다. "내 말은 그러니까 세 가지야."

---

* 곰 모양의 젤리.

계단참에서 우리는 폴 씨와 그 집 강아지 로리를 만난다. "안 그래도 지금 아저씨 집으로 가던 중이었어요." 우리 아들이 말한다. "설문 조사를 하고 있거든요. 좋아하는 속담이 뭐예요?"

"템푸스 푸기트Tempus fugit." 폴 씨가 즉석에서 대답한다. "시간은 쏜살같지. 너만 봐도 알 수 있잖니." 그가 우리 아들에게 말한다. "어제만 해도 유모차 타고 있더니 오늘 벌써 이렇게 설문 조사를 하고 다니다니."

이번에도 우리 아들이 미심쩍은 표정으로 쳐다본다. 열 살 먹은 아들의 머리에 무슨 생각이 떠오를지 짐작이 간다. 축구 수업을 기다릴 때는 그렇지 않아. 방 청소 안 한다고 야단맞을 때는 그렇지 않아. 수학 숙제할 때는 절대 안 그래.

나는 조금 전까지 유모차에 앉아 있던 우리 아들이 속담을 적고 있는 모습을 지켜본다. 시간은 쏜살같이 흐른다고 아이는 적는다. 그리고 그 뒤에 괄호를 치고 물음표 두 개를 찍는다.

폴 씨와 나는 키가 아직 우리 아들보다 머리 두 개 반은 더 크다. 여기서는 높아서 쏜살같이 흐르는 시간을 볼 수가 있다.

떨며 인생의 바다를 헤쳐나가다

내 친구 바딤이 내 앞에 앉아 있다. 양손이 덜덜 떨린다. 우리는 바딤의 집 벽난롯가에 앉아 있고, 따뜻해서 아무리 살펴봐도 바딤의 손이 덜덜 떨릴 이유가 없다. 그런데도 그의 손은 떨린다. 그것도 바딤이 방금 악마나 위대한 사랑을 만난 것처럼 덜덜덜 떨린다. 하지만 여기엔 우리 둘뿐이고, 우리는 예전에 중간 정도의 사랑이었다. 대학 시절이었으니 벌써 20년도 더 지난 일이다.

그때 우리는 만나면 종일 많은 이야기를 나누었다. 워낙 가끔 봤기 때문이다. 지금은 이야기를 나누지 않는다. 바딤은 새 연극 각본을 고민해야 하고, 나는 새 책을 고민해야 한다. 그러나 나는 차라리 바딤을 고민하고 싶다.

바딤의 손이 이렇게 떠는 것은 특별한 일이 아니다. 그의 손은 벽난롯가에서도 덜덜 떤다. 찻물을 끓일 때, 감자 껍질을 벗길 때, 곰곰이 생각할 때도 떨고, 마트에서, 산에서, 전철에서도 떤다. 쉬지 않고 떤다. 바딤은 몇 번 정밀 검사를 받았다. 하지만 온몸을 샅샅이 뒤지고도 떠는 이유를 찾아내지 못했다. 우리가 사귀던 시절에 바딤은 이 이유 없는 떨림을 괴로워했다. 사람들이 자기를 보며 무슨 생각을 할지 걱정이 많았기 때문이다. 사람들은 그가 신경이 엄청 날카롭거나 불안이 엄청 심하거나 알코올 중독자라고 생각할 것이라고, 그는 생각했다. 그래서 식사 때는 수프를 주문하지 않았고, 손잡이 달린 유리잔에 담겨 나오는 음료수는 절대 시키지 않았다.

"분명히 멈추게 할 방법이 있을 거야." 당시 그는 내게 말했다. "사람들이 날 보며 무슨 생각을 할지, 정말 못 견디겠어." 그때 내가 얼마나 주제넘은 말을 씨불댔던지, 지금의 나는 잘 안다. 나는 말했다. "사람들이 무슨 생각을 하는지 너는 절대 몰라. 그건 그냥 사람들이 무슨 생각을 할지도 모른다는 너의 생각에 불과해." 아마 나는 거기서 멈추지 않고 한마디 더 덧붙였을 것이다. "사람들이 무슨 생각을 하든 그건 전혀 중요하지 않기도 하고."

정말이지 오만방자한 말이었다. 다음 날 나는 같은 과 친구들이랑 학생식당에서 잡지에 실린 그 말도 안 되는 심리 테스트 중 하나를 해보았다. 테스트에 이런 질문이 있었다. "다른 사람이 당신에 대해 무슨 생각을 하는지가 얼마나 중요한가요?" "정말 중요하지"라고 말하고 싶었지만 나는 거짓말을 했다. "전혀 중요하지 않지." 나에 대한 친구들의 생각이 중요했기 때문이다.

바팀의 손 떨림에는 기질적 원인이 없었으므로, 그는 결국 정신과로 향했고 행동치료를 받기로 결심했다. 우리 친척 심리상담사들은 당시 하나같이 행동치료에 부정적이었다. 바딤이 행동치료 계획을 들려주자 그들은 콧방귀를 끼었고, 바그너의 오페라가 한창 공연되는 와중에 그가 〈더티 댄싱〉의 사운드트랙이 더 영양가 있다고 말하기라도 한 듯 그를 쳐다보았다.

행동치료사는 바딤에게 떨림을 극단으로 몰고 가라고 시켰고, 바딤은 사람들이 그를 보며 할 것이라 생각되는 생각을 더욱 부추겨야 했다. 따라서 치료를 위해 오전부터 캔맥주를 사야 했고, 계산대에서는 지갑이 떨어질 정도로 손을 덜덜 떨어야 했으며, 학생식당에서는 온 식탁에 감자 수프를 들이부어야 했다. 나는 잔인한 지시를 이유로 행동치료사를 고소할까도 고민했지만, 바딤은 고통스러워하면서도 그 모든 짓을 불타는 열정으로 해냈고, 사람들이 대부분 나쁜 생각을 하지 않을뿐더러 딴 사람에 대해서는 아예 생각 자체를 하지 않는다는 사실을 배우게 되었다.

지금 바딤은 까닭 없이 떨리는 자신의 손을 받아들인다. "나는 이렇게 떨면서 인생을 헤쳐나가는 거야." 오늘 아침에는 이런 말을 했다.

여기 바딤의 집 벽난롯가에 앉아서 떨고 있는 그의 손을 바라보고 있으려니 20년이 넘도록 한 번도 생각하지 않았던 장면이 떠오른다. 바딤과 내가 헤어지기 직전이었는데, 우리가 학생식당에서 밥을 먹고 있는데 대학생으로 보이는 어떤 남자가 우리 쪽 식탁에 와서 앉았던 기억이 문득 떠오른 것이다. 한 번도 본 적 없는 남자였다. 생김새는 지극히 평범했지만, 식판을 식탁에 내려놓는 손이 엄청나게 크고 기형이었다. 어찌나 큰지 호리병박만 했고, 손가락이 너무

넓적한 데다 바람을 불어넣은 종이봉투처럼 관절이 없는 것 같았다. 그 남자는 손잡이가 짤막한 국자 같은 것으로 밥을 먹었다. 포크를 잡을 수가 없었기 때문이다. 아주 친절한 미소를 띠고서 그의 손을 보지 않으려고 무진 애를 쓰던 내 모습이 문득 다시 기억난다. 그의 손을 보고 놀란 마음을 숨기려는 나의 노력을 그는 분명 눈치챘을 것이라 내가 생각했던 기억도 난다. 그러고는 언제나처럼 푸드덕거리는 바딤의 손을 쳐다보았고, 내가 미친 관절들에 둘러싸여 있다는 생각을 했던 기억도 난다.

우리가 그 남자를 두 번 다시 못 봤다는 기억도 난다. 그러나 손이 이상하게 생긴 그 남자를 그 뒤로는 한 번도 생각하지 않다가 지금에야 떠올렸으니, 나는 정말로 그가 맞는지 확신이 서지 않는다. 그런 일이 가끔 일어난다. 너무 오래전 일이다 보니 정말로 그런 일이 있었는지, 아니면 내가 꿈을 꾸거나 상상을 한 것인지 확신이 서지 않는 것이다.

"바딤." 내가 부르자 그가 고개를 들고 나를 쳐다본다. "손이 엄청나게 크던 그 대학생 기억나? 학생식당에서 만났던 남자 말이야. 내가 꿈을 꾼 긴가?" 나의 질문은 학생식당 일이 아직 그리 오래전 일은 아니라는 듯 들린다. 기껏해야 몇 달 전에 있었던 일이라는 듯, 절대 20년이 넘은 일은 아니라는 듯 말이다.

바딤이 미소를 띠고서 나를 쳐다본다. "꿈이면 우리 둘이 같은 꿈을 꾼 거네." 그가 말한다. "훤히 기억나. 우리는 그 사람을 그날 딱 한 번 밖에 못 봤어." 그러자 갑자기 손이 기형인 그 남자가 한낱 내 기억의 심연에서 솟구친 어떤 사람으로 그치지 않는 존재가 된다. 그는 이제 이따금 떠올랐다 다시 수면 아래로 가라앉는 그런 어떤 사람이 아니다. 까먹은 중요한 일정처럼, 지키지 못한 약속처럼, 갑자기 그가 펄펄 끓는 물처럼 뜨겁게 생각난다. 갑자기 나는 그 사람이 어떻게 살고 있는지, 그의 손은 또 어떻게 되었는지 반드시 알아내고 싶고, 갑자기 그럴 수 없다는 사실이 너무 크게 와 닿는다.

바딤은 연필을 내려놓고 재미있다는 표정으로 나를 본다. "너 손 떨어." 그가 말한다.

지금 당장 양귀비 씨앗 빵 두 개 내놔!

얼마 전부터 일주일에 한 번 점심시간에 폴 씨와 산책을 한다. 폴 씨가 집 밖으로 나가야 하는 이유는 늙다리 강아지를 산책시켜야 하기 때문이다. 내가 나가야 하는 이유는 중년이 된 나의 아래쪽 등이 앉아서 하는 일을 당장 중지하라고 거세게 항의하기 때문이다.

폴 씨는 조용하고 매우 예의 바른 사람이다. 또 대부분 기분이 좋다. 그런데 오늘은 화가 나 있다. 그가 말한다. "이해해줘요. 내가 지금 화가 좀 났어요."

"누스에크* 드실래요?" 내가 묻는다. 폴 씨가 좋아하는 빵이기 때문이다.

　제과점에 줄이 길다. 계산대에 키 작은 할머니 한 분이 봉투를 잔뜩 들고 서 있다. 이미 한참 전에 할머니 차례가 된 것 같은데도 판매원은 계속해서 할머니를 무시한다. 할머니가 주문하려고 숨을 들이쉬면 항상 다른 사람이 먼저 끼어든다. "잠깐만요." 내가 줄 뒤에서 판매원에게 소리친다. "거기 그 할머니 차례이신 거 같아요." 할머니가 자신을 늪에서 꺼내준 사람 보듯 나를 쳐다본다. "양귀비 씨앗 빵 두 개요." 할머니가 말한다.

　폴 씨와 나는 누스에크를 들고 계속 걸어간다. 공원에 도착하자 폴 씨가 오늘 기분이 나쁜 이유를 털어놓는다. 라디오에서 무슨 소리를 들었기 때문이다. 오늘 아침에 라디오에 어떤 여자가 나와서 몇 십 년 전에 비행기를 타고 여행하려 했었다는 이야기를 들려주었다. 그런데 비행기로 올라가는 계단에서 마음의 목소리가 이 비행기를 타면 안 된다고 말했다. 그 여자는 마음의 목소리를 따라서 계단에서 발길을 돌렸고, 그 비행기는 비행 도중 추락했다. 폴 씨는 아마

---

*　견과류를 넣고 구운 세모 모양의 쿠키로, 양쪽 모퉁이에 다크 초콜릿을 바른다.

그 여자는 그날 이후로 자신의 알찬 마음의 목소리 말고는 다른 이야기를 한 적이 없을 것이라고 추측한다.

"어떻게 생각해요?" 폴 씨가 묻는다. 딱히 나한테라기보다는 허공에다 대고 질문을 던진다. 허공은 대답이 없으므로 내가 반사적으로 대답한다. "대단하네요." 하지만 사실 나는 그 말을 이를 악물고서 한다. 마음의 목소리가 또렷한 사람들이 늘 살짝 부럽기 때문이다. 부럽다는 말이 나왔으니 말이지만, 나는 헬스장을 무료 체험 때가 아니어도 꾸준히 다녀서 등이 투덜대지 않고 늘 기분 최고인 사람들이 부러워 죽겠다.

"그 여자는 배려심이 없어요." 폴 씨가 말한다. "거기다 오만해요." 마음의 목소리가 생명을 구해주었다는 이런 이야기는 그 비행기에 올라갔던 승객들을 마음의 목소리에 귀 기울일 줄 모르는 나사 빠진 바보로 만들기 때문이다. 그건 폴 씨 말이 당연히 옳다.

우리는 어린 세터종 사냥개 수컷을 따라갈까 말까 고민하는 것 같은 로리를 쳐다본다. 로리가 결국 따라가지 않은 것이 마음의 목소리 때문인지 아니면 엉덩이가 뻐근해서인지는 미지수다.

"근데요. 폴 씨도 마음의 목소리가 있어요? 진실하고 선한 목소리?" 내가 묻는다.

"아니요." 폴 씨가 대답한다. 대답은 그렇게 해도 그는 나사 빠진 바보 같이 쳐다보지는 않는다. "그게 뭔지도 잘 모르겠어요. 진실하고 선한 마음의 목소리라니."

나는 마음의 목소리가 대충 제과점에서 본 그 할머니 같으리라 생각한다. 실은 한참 전에 자기 차례가 되었건만 말을 하려고 하면 계속해서 다른 위풍당당한 목소리에 묻혀버리는 그런 목소리 말이다.

"그게 뭘까요? 그 마음의 목소리요." 폴 씨가 또 묻고, 나는 대답한다. "잘 모르겠어요."

"정말로 목소리일까요? 그러니까 정말로 말을 할까요? 목소리가 들리면 정신과에 가야 하는 거 아닌가요? 마음의 목소리란 감정을 밀어 올리는, 말 없는 어떤 것이 아닐까요?"

로리의 마음에도 지금 감정이 솟구친다. 다름 아닌 패닉이다. 로리가 지금 세인트버나드 밑에 깔렸기 때문이다.

"잘 모르겠어요." 내가 대답한다. 폴 씨는 한숨을 쉬면서 말한다. "부모님이 심리학자라 하셔서 한번 물어봤어요." 얼마 전에 내 아래쪽 등 상태를 설명하려는 내게 정형외과 의사 딸이 던졌던 속담을 드디어 써먹을 기회가 왔다. "구두장이의 애들은 맨발로 다녀요." 폴 씨가 미소를 지으며 로리를 세인트버나드 밑에서 끄집어낸다.

"대체 어떻게 해야 그 진정한 마음의 목소리라는 것에게 다가가나요?" 폴 씨가 묻는다. 이번에도 또 모른다고 하기가 싫어서 나는 대답한다. "10년 명상이면 된다고 봐요."

"그렇군요." 폴 씨가 말한다. "나는 마음의 목소리가 하나가 아니고 떼거리에요. 모두 자기가 마음의 목소리라서 뭐가 좋고 진실하며 옳은지 정확히 안다고 우겨요." 나도 그게 뭔지 안다. 폴 씨가 걸음을 멈춘다. "이 목소리들을 전부 데리고 정신과에 가야 할까요?" 폴 씨가 묻고 내가 대답한다. "그렇다면 나도 같이 가야 할걸요. 그건 그렇고 입가에 누스에크 묻었어요."

폴 씨가 어마어마하게 큰 손수건으로 입을 닦는다. "아마 진실한 마음의 목소리란 다른 모든 목소리에게 이렇게 말하는 목소리일 거예요. '이제 그만해'." 나는 이렇게 말하며 상상을 한다. 제과점에 서 있는 동시에 무릎까지 늪에 빠져 있던 그 불쌍한 할머니가 봉투에서 확성기를 꺼내는 상상

을 말이다. 가게 전체에 "지금 당장 양귀비 씨앗 빵 두 개 내
놔!"라는 외침이 울려 퍼지고, 떠들썩하던 새치기꾼들이 모
조리 화들짝 놀라 흩어지면서 드디어, 마침내 가게 안이 조
용해진다.

"추락한 비행기에 탑승하지 않은 그 여자는 말이죠." 밀
쳐대는 우람한 동족에게 치인 로리를 품에 안으며 폴 씨가
말한다. "그냥 비행 공포증이었을 거예요. 공포증이 일생에
딱 한 번 옳았던 거죠. 그래서 지금 그 공포증을 현명한 마
음의 목소리로 추앙하는 거고요."

"딱 맞는 말씀이세요." 내가 대답하자 폴 씨가 말한다. "이
제 그만합시다." 나는 그 말이 공포증 추앙을 두고 하는 말
인 줄 알았지만, 폴 씨가 그만하려는 것은 산책이다. 그래서
우리는 가던 길을 돌아선다. 폴 씨는 울적한 기분과 로리를
데리고서, 나는 이 말 없는 물건, 탈 난 등을 데리고서.

비제 여사와 갈등 공포증

일주일 전에 우리 건물에 새로 세입자가 들어왔다. 제일 꼭대기 다락방에 들어온 세입자이다. "새로 이사 온 사람 봤어요?" 우리 윗집 비제 여사 집에 찾아가서 설탕 조금 줄 수 있냐고 물었더니 비제 여사가 대답 대신 이런 질문을 던진다.

"아니오. 보셨어요?" 나도 묻는다.

비제 여사는 말이 없다. 설탕을 줄지 말지도 대답이 없다. 문틀에 몸을 기대는 그녀가 피곤해 보인다. "그 세입자요." 마침내 그녀가 입을 연다. "온종일 그 사람 말고는 나른 생각을 할 수가 없어요."

나는 잠시 비제 여사가 새로 이사 온 남자에게 홀딱 반해서 지난 며칠 밤 욕망을 진정하지 못해 뒤척였다고 생각한다. 지난밤에 넷플릭스에서 멜로 영화를 봤다면, 절로 그런 생각이 떠오르기 마련이다. 안타깝게도 사정은 전혀 다르다. 실제로 뒤척이기는 했지만 진정하지 못한 욕망 탓이 아니라 진정하지 못한 갈등 공포 탓이다.

갈등 공포라면 비제 여사와 나, 둘 다 훤하다. 지난번에 설탕 얻으러 왔을 때도 우리는 그 이야기를 했다. 식당에서 소금 소태 같은 수프가 맛있냐는 질문을 받으면 우리는 대답한다. "네." 미용사가 우리 머리를 도저히 눈 뜨고는 못 볼 꼬락서니로 만들어놓고 자랑스러운 표정으로 사방에서 거울을 들이밀면 우리는 말한다. "정말 예뻐요." 그러나 이번 새 세입자 사태를 통해 비제 여사의 갈등 공포가 내 것보다 한 수 위라는 사실이 밝혀진다. 비제 여사는 그 남자를 아직 본 적은 없고 소리만 들었다. 비제 여사가 그의 바로 아래층에 살기 때문이다. 우리 건물은 소음에 정말로 취약하다. 나는 비제 여사 바로 아래층에 살아서 알람을 켤 필요가 없다. 매일 아침 비제 여사가 일어나면 자동으로 따라 일어난다.

위층 세입자는 정말로 활동적이라고 비제 여사가 말한

다. 빠르기도 하고 무겁기도 한 걸음으로 집 안을 제트기처럼 뛰어다니며 음악을 듣는다. '스타십'*이라고 비제 여사가 말한다. "사실 스타십을 듣는 건 뭐라고 할 수가 없잖아요." 그냥 위로 올라가서 세입자에게 걸음 소리와 스타십을 조금만 낮춰달라고 부탁하면 될 것이다. 하지만 그럴 수 없었다. 비제 여사는 누군가를 비판할 수 없기 때문이다. 그래서 비제 여사는 위층으로 올라가는 대신, 스타십을 듣는 건 뭐라고 할 수가 없다고 자신에게 말한다. 사태를 미화하는 것이 갈등 공포증의 주요 계명 중 하나이기 때문이다. 거기서 더 나아가 비제 여사는 자기가 너무 시끄럽다는 사실을 그가 스스로 깨닫기를 바란다. 이빨이 알아서 아프지 않기를 바라는 것과 같다.

안타깝게도 위층 세입자는 이빨과 마찬가지로 생각을 읽을 수 없다. "We built this city on rock and roll(우리는 로큰롤로 이 도시를 세웠다)." 스타십이 비제 여사의 머리 위에서 노래했고, 그녀는 생각했다. "아냐! 절대 아냐!"

세입자가 비제 여사의 생각을 읽을 수 없었기에 설탕을

* 1980년대를 풍미한 미국의 하드록 밴드.

처바르면서 사태를 미화하려던 그녀의 열정은 방향을 바꾸어 불꽃 튀는 분노로 변하였다. 비제 여사는 위로 올라갔다. 하지만 진짜로 그런 것이 아니라 비유적으로만 그랬다. 그녀의 상상 속에서 세입자는 몸무게가 어마어마한 괴물이 되었다. 의도적으로, 그 큰 평발로 비제 여사의 머리와 마음의 평화를 쿵쾅쿵쾅 짓밟는 괴물, 적어도 300킬로는 나가는, 격심하게 끓어오르는 비제 여사의 공격성만큼 무거운 괴물이 되었다. 그러나 그토록 넘치는 분노를 한 사람의 세입자에게 날려 보낼 수는 없었기에 분노는 서둘러 새로운 제물을 찾았다. 바로 비제 여사 자신이었다. 그녀는 집이 이토록 소음에 취약하고 자신이 이토록 화가 나며 또 이토록 갈등을 겁낸다는 사실에 욕을 퍼붓기 시작했다. "Nothing's gonna stop us now(이제 우리를 막을 건 없어)." 스타십이 위층에서 아래로 흥겹게 흥얼거렸고, 안타깝게도 그 가사는 자신을 탓하는 비제 여사의 계략에도 해당하는 내용이었다.

"왜 내가 이런 이야기를 다 털어놓는지 잘 알 거예요." 문틀에 기댄 비제 여사가 말한다. 정말 나도 알고 싶다. 설탕이 어찌 되는지도 너무너무 알고 싶다. 나는 비제 여사의 말뜻을 "내가 이런 이야기를 하는 이유는 그쪽 부모님이 심리학자이기 때문이에요"라고 해석한다. 하지만 그녀는 말한다. "나 대신 윗집에 올라가서 그 세입자한테 소리 좀 낮출 수 없는지 물어봐줄 수 있을 거라고 생각했거든요."

"그건 정말 아니에요. 비제 여사"라고 말을 하려는 찰나 계단을 내려오는 발소리가 들린다. 새 세입자인 모양이다. 그는 누가 봐도 300킬로 이하이고 스타십을 듣기에는 너무 어리다. "안녕하세요." 그가 인사한다. "새로 이사왔습니다. 건물이 정말 소리가 잘 들려요. 그래서 말인데 혹시 제가 너무 시끄러운가요?"

하필이면 지금, 하필이면 저런 질문을 던지다니, 넷플릭스 멜로 영화에서도 너무 현실성이 떨어져 삭제할 대사이다. 비제 여사와 나는 그를 빤히 쳐다본다. 우리 앞에 생각을 읽을 수 있는 세상 유일의 인간이 서 있다.

"왜 그렇게 쳐다보세요?" 세입자는 너무도 정당한 질문을 던진다.

나는 지금 시급하게 뭔가 말을 해야 할 비제 여사를 쳐다본다. 어쩌면 그녀도 생각을 읽을 수 있을 테니 나는 마음속으로 비제 여사에게 살짝 연설을 늘어놓는다. '이 세입자와 그가 던진 매력적인 질문은 완전 로또에요.' 나는 그녀가 서 있는 쪽을 향해 맹렬히 생각한다. '이 사람이 절호의 찬스를 주었으니까 우리 정직함으로 그에게 상을 내립시다. 용기를 내요. 여사님은 설탕보다 더 많은 것을 줄 수 있어요. 어서요. 비제 여사.' 나는 생각으로 그녀를 부추긴다.

"제가 너무 시끄러운가 하고 여쭈어봤습니다." 세입자가 자신의 질문을 환기하며 비제 여사에게 미소를 짓는다.

"아, 네." 마침내 비제 여사의 입이 떨어진다. "아주 살짝 가끔 아마."

새 세입자는 친절할뿐더러 머리도 좋고 마음도 넓어서 비제 여사에게는 이 "아주 살짝 가끔 아마"가 300킬로는 나간다는 사실을 짐작한다.

"그러니까 시끄럽군요." 그가 말한다. "알겠습니다. 실내화를 살게요."

비제 여사가 그를 향해 환하게 웃는다. 실내화는 필요하지 않을 것 같다. 비제 여사는 그가 질문을 던졌다는 이유만으로 그에게 홀짝 반해버린 모양이다. 앞으로 그와 그의 스타십은 위층에서 마음껏 날뛸 수 있을 것이다.

"정말 친절하시네요." 비제 여사가 말한다. "혹시 설탕 안 필요하세요?"

환자들의 폴로네즈

나는 카페에 앉아서 1시간 전부터 점점 더 열을 내며 고민을 하고 있다. 나와 대각선 테이블에 앉은 중년의 남자를 어디서 봤더라 생각 중이다. 아주 먼 옛날 그를 만난 적이 있다는 확신이 든다. 마침내 그가 아주 잠깐이지만 내 쪽으로 얼굴을 돌린다. 그는 나를 알아보지 못하고 다시 시선을 딴 곳으로 돌리지만, 뺨에 찍힌 모반을 본 순간 나는 번개처럼 그가 누구인지 알아차린다. 지금 내 앞에 앉아 있는 그 남자는 나의 처음이자 마지막 환자였다.

어린 시절 아버지는 우리 집에다 상담실을 차렸다. 출입

문은 따로 있었지만, 아버지의 환자들이 상담실에 가려면 우리 집 마당을 지나가야 했다. 그래서 환자들이 올 시간이면 나는 얼른 마당에서 도망을 쳐야 했다. 아버지는 환자들이 상담사의 사생활을 알면 안 되기 때문에 나에 대해서도 알면 안 된다고 설명했다. 아버지가 늘 "환자들"이라고 말씀하셨기 때문에 나는 오랫동안 환자들이 항상 모두 함께 아버지한테로 온다고 믿었다. 그들이 앞 환자의 뒤통수를 보면서 조용히 폴로네즈를 추며 마당을 가로지르는 상상을 했다.

처음이자 마지막으로 내가 그중 한 환자를 만났을 그때, 나는 열한 살이었다. 어느 날 오후에 초인종이 울렸고, 혼자 있을 때는 절대 문을 열어주면 안 된다는 부모님의 당부는 이미 문을 연 후에야 떠올랐다. 문 앞에 어떤 남자가 서 있었다. 내 눈에는 잘 가르치는 지리 선생님 같았다. 뺨에 아르헨티나 모양의 모반이 찍혀 있었기 때문이다.

"안녕하세요. 상담실에 아무도 안 계시나 봐요." 그 남자가 말했다. 남자가 지리 교사가 아니라 환자라는 (나는 환자도 직업이라고 생각했다) 사실을 그때 나는 알았다. 자기 무리를 잃고 홀로 떨어진 환자. 아버지가 그를 잊어버렸다는 사실도 나는 알았다. 아버지는 엄마랑 시장에 가셨던 것이다.

"들어오세요." 그럴 때 어른들은 그런 말을 하기에 나도 그렇게 말했다. 나는 환자와 같이 부엌으로 갔고 우리는 거기 그렇게 서 있었다.

내가 아는 어른들은 항상 무엇을 해야 하는지 잘 알았다. 어른들은 "자, 이제 우리 일단 이러저러한 걸 하기로 하자"라고 말하고는 그걸 하거나 하지 않았다. 그 환자는 어른인데도 뭘 해야 할지 모르는 것 같았다. 아마 어른도 무리를 잃은 데다 망각의 대상이 되기까지 하면 어찌할 바를 모를 것이다. 환자는 키 큰 슬픈 짐승 같았다. 내가 괜히 떠맡아서 너무도 바람직하지 않은 태도를 가르친 그런 짐승 말이다. 그때껏 나는 오롯이 혼자서 어른과 독대한 적이 없었고, 존칭을 쓰면서 뭔가 대접을 해야 할 손님을 맞아본 적도 없었다. 문득 나도 나의 무리에게서 뚝 떨어져 혼자가 된 기분이 들었다.

"앉으시겠어요?" 나는 물었고 환자는 앉았다. "사과 주스 드실래요?" 나는 물었고 환자는 고개를 끄덕였다. 자리에 앉는 것도, 고개를 끄덕이는 것도 그는 한 마리 슬픈 짐승처럼 했다. 내가 자리에 앉고 고개를 끄덕이는 재주를 억지로 가르친 한 마리 짐승처럼. 내가 그의 앞에 잔을 내려놓자 마침내 그가 질문을 던졌다. "이름이 뭐야?"

환자한테는 전부 비밀에 부쳐야 하므로, 나는 딸이 있는 아버지의 사생활도 꼭 비밀에 부쳐야 한다고 생각했다. "제이름은 아말리아 아나스타샤예요." 나는 그 이름이 정말로 좋은 이름이라고 생각해서 그렇게 대답했다. "그냥 여기 휴가 온 거예요."

환자는 이미 우리 아버지의 사생활에 대해 많은 것을 알았다. 현관을 알았고 부엌을 알았다. 그런데 우리 집 어디를 봐도 아말리아 아나스타샤가 휴가 올 것 같은 구석은 없었다. 그래서 나는 말을 정정했다. "바로 휴가를 온 것은 아니고요. 행운의 총애를 덜 받은 사람들은 어떻게 사나, 한 며칠 둘러보려고요." 나는 이런 고급진 표현이 떠올라서 너무 좋았다. 그건 우리 엄마가 어릴 적에 보던 것이라 누렇게 바랜 로맨스 소설에 나오는 표현이었다.

"아하." 환자는 말했다. 그리고 미소를 지었다. 그건 좋았다. "그런데 성함이 어떻게 되시나요?" 내가 물었다. 환자는 주스를 한 모금 마시고는 소리 죽여 말했다. "디터야."

디터가 행운의 총애를 많이 받지 못한 이름이었고, 내가 다른 사람인 척, 무엇보다 자기 무리에서 떨어졌을 때 행운의 총애를 받은 사람인 척하는 것이 무척 즐거웠기 때문에 나는 물었다. "확실해요?"

"아쉽지만 그래." 환자가 말했다.

"혹시 아르헨티나에서 오시지 않으셨어요?" 내가 물었다.

"아쉽지만 아니야." 그가 말했고, 나는 아버지가 이제 그만 집으로 돌아오기를 바랐다. 그러면 아말리아 아나스타샤는 사라질 테지만 그래도 좋았다. 아버지라면 뭘 해야 할지 아실 테니까.

"그만 가봐야겠다." 마침내 환자가 말하며 자리에서 일어섰다. "안녕. 사과 주스 고마웠어." 그가 문에 서서 말했다. 나는 그가 길도 잃고 무리에게도 잊힌 듯 딱한 모습이어서 꼭 안아주고 싶었지만, 자신에 대해 알아서는 안 되는 사람을 품에 안지는 않는 법이다. 나는 환자를 잊어버린 아버지에게 화가 나서 그에게 힘주어 말했다. "저는 절대 당신을 잊지 않겠습니다." 열한 살이면 얼굴이 빨개지지 않고도 그런 말을 할 수 있는 나이니까 말이다. 그리고 내가 그 환자에게 그 말을 했다는 사실을 절내 잊지 않았다. 그는 나의 처음이자 마지막 환자였을 뿐 아니라 내가 그런 말을 한 처음이자 마지막 사람이기도 했기 때문이다.

이제 여기 카페에서 나는 내 자리와 대각선으로 놓인 테이블을 향해 걸어가면서 상당히 얼굴이 빨개진다. 중년 신사는 고개를 들고 무슨 일이냐는 표정으로 나를 쳐다본다. "안녕하세요." 나는 말을 건넨다. "아주아주 오래전에 우리가 함께 사과 주스를 마신 적이 있어요. 그때 선생님은 환자였고요. 아르헨티나에서 오시지 않으셨고요. 성함이 디터에요." 내가 말한다. 그는 아무 말도 하지 않고 오랫동안 나를 쳐다본다. 서서히 내 지금 얼굴에서 어린 시절의 내 얼굴을 알아본 모양이다.

"아말리아 아나스타샤. 행운의 총애를 받은." 그가 마침내 말하며 웃는다. "맞아요. 저예요." 내가 말한다.

사랑의 기본소득

오늘은 새 미용실에 간다. 거기가 지금 시간이 되는 유일한 곳이기 때문이다. 나는 미용실에 가자고 마음을 먹으면 당장 그날 실행에 옮겨야 한다. 안 그러면 생각이 딴 데로 흘러가버린다.

울리히 삼촌한테서 전화가 걸려와서 나는 말한다. "지금은 안 돼요. 슬프지만 미용실에 가야 해요." 그는 예전에 심리상담을 할 때 여자 환자들이 미용실에 다녀오면 적어도 한 번씩은 더 상담을 신청했다고 말한다. 남성 환자들은 자기 헤어스타일을 언급하지 않는다. 남자에게 가능한 헤어스타일이 대충 두 개밖에 없기 때문이다. 여자들에겐 미용실이 인생 드라마의 재연이다. 미용사에게 어떻게 해줬으면 좋겠다고 이야기하지만, 미용사는 안 듣거나 못 알아들어서 머리를 완전히 다르게 잘라놓고, 그러면 손님은 이해받지 못하고 흉한 꼴이 되어 불운을 뒤집어쓴 기분으로 집으로 돌아온다. "그러니까 행운을 빌어." 울리히 삼촌이 말한다. "나중에 나한테 전화하지 마. 나 은퇴했어."

나는 미용실에서 벌어지는 드라마를 무서워하지 않는다. 그저 미용실에 가는 것이 너무너무 성가시다. 미용실 의자에 앉자마자 늘어지게 하품을 해대는 지겨움이 나를 덮친다. 나는 아무리 적게 잡아도 45분이나 되는 시간을 거울을 노려보며 보내고 싶지 않다. 여성잡지는 물리치료 대기실에서 이미 다 읽었고, 내 머릿결을 두고 좋으니 나쁘니 수다를 떨고 싶지도 않다. 미용사가 아무 말 없이 가장 푸석푸석하고 지저분한 부분만 싹둑 잘라주면 정말 좋겠다.

지금 시간이 되는 미용사는 비싸 보인다. 창문에 가격표가 붙어 있지 않다. 어릴 적 할머니랑 정말로 우아한 옷가게 쇼윈도 앞에 서 있던 생각이 난다. 할머니는 말씀하셨다. "밑에 가격표가 안 붙어 있으면 그 물건은 헬리콥터만큼 비싼 거야."

나는 의자에 앉는다. 미용사가 거울로 나를 보며 미소를 짓는다. 미용사의 헤어스타일은 동료 미용사가 아니라 파티시에가 잘라준 것 같다. 그가 커트를 시작하고, 나는 그가 수다를 떨 생각이 없어 보여서 감사할 따름이다. 거울을 노려보지만, 그것도 잠시, 바로 옆에 격언을 담은 액자가 걸려 있다. 딱 눈높이에 이렇게 적혀 있다. "자신을 무조건 사랑하는 사람만이 남도 무조건 사랑할 수 있다."

커트가 성가셔서 안 그래도 어디 시비 걸 데가 없나 싶던 참이라 나는 이 문장에 대해 조목조목 짜증을 내기 시작한다. 또다시 우리 할머니가 생각난다. 할머니는 분명 자신을 무조건 사랑하지 않았다. 그랬어도 우리 모두를 흠잡을 데 없이 완벽하게 사랑할 줄 알았다.

"멋진 말이죠?" 갑자기 옆에서 목소리가 들린다. "무조건적인 사랑의 기본소득이라니." 내가 어찌나 갑작스럽게 고개를 왼쪽으로 휙 돌렸던지, 미용사가 놀라서 얼른 가위를 뒤로 뺀다. 내 옆 의자에 앉은 여자가 그 말을 했다. 머리에 알루미늄 포일을 매단 중년 여성이다. 그녀는 약간 우리 할머니를 닮았는데, 머리에 매달린 알루미늄 포일이 사랑의 기본소득이라는 그녀의 말처럼 반짝거린다.

그 여자가 말한다. "그러니까 나는 나를 무조건 사랑하지 않아요. 확실해요."

갑자기 미용실이 즐거워진다. "저도요." 내가 말한다.

가령 뻔히 보이는데도 내가 누군가 혹은 나 자신을 속일 때, 용기를 끌어모으지 못하고 사방에 흩어놓을 때, 아침부터 심통이 날 때, 마감 때문에 화가 나면서 괜히 애먼 아들에게 소리를 지를 때, 사실은 "안돼요!"라고 말하고 싶으면서도 "당연히 괜찮죠"라고 말할 때, 나를 향한 나의 애정은 딱 봐도 한눈에 알 수가 있다.

"그래도 자신을 무조건 사랑하면 아마 안팎으로 트집을 덜 잡긴 할 거예요." 반짝이는 내 옆의 숙녀가 말한다. 당연히 그녀의 말이 옳다.

나는 그녀에게 우리 할머니가 언젠가 미용실에 갔다가 데리러오기로 한 이웃집 여자를 하염없이 기다린 적이 있다고 이야기해준다. 그 이웃집 여자가 오지 않은 이유는 심리 상담가가 무조건적 자기애를 지시하였기 때문이다. 그 말은 자신의 욕망에 더 충실하라는 뜻이었는데, 그녀가 비를 뚫고 차를 몰고 가서 우리 할머니를 거두어들이고픈 욕망을 느끼지 않았으므로 할머니는 미용실 앞에서 무려 한 시간을 서 있었다. 실버카와, 미용실을 나오자마자 바로 무너져내리는 보라색 파마머리와 함께.

"이기주의는 당연히 자기애의 반대말이에요." 그녀가 말한다.

"혹시 실례가 안 된다면 직업이 어떻게 되시나요?" 나는 질문을 하면서 심리상담가나 목사에 한 표를 건다. 그녀가 말한다. "투자자문가예요. 뵙게 되어 반갑습니다."

"저도요." 나는 이렇게 말하고 한마디를 더 덧붙인다. "그렇다고 해도 저 문장은 좋지 않아요. 무조건을 조건으로 내거니까요." 그 여자가 맞장구를 친다. "맞아요." 미용사가 약간 화가 나서 말한다. "알았어요. 뗄게요." 그러고서는 "다 됐습니다"라고 말한다. 오늘은 정말 빨리 끝났다.

"100유로입니다." 계산대에서 미용사가 말한다. 커트치고는 비싸다. 그래도 투자자문치고는 거저나 다름없다.

행복과 불행의 증인

오늘은 코블렌츠에서 행사가 있어서 친구 율리아네 집에서 하룻밤 신세를 진다. 우리는 부엌에 있다. 나는 저녁에 먹을 양파를 썰고 율리아는 바닥에 놓인 서랍장 앞에 앉아 있다. 얼른 칠을 끝마쳐야 한다. 율리아는 소목장이다. 우리는 정말로 오랜만에 단둘이서 시간을 보낸다. 율리아의 남편과 아이들이 여행을 갔기 때문이다.

율리아를 안 지는 20년이 넘었다. 대학 다닐 때 만난 사이다. 엠티 가는 관광버스 안에서 우연히 나란히 앉았다. 우리는 느닷없이 허심탄회하게 지금까지의 삶을 서로에게 털어놓기 시작했는데, 그것이 당연하기도 하고 놀랍기도 했다. 이런 말을 하기가 너무 이르지 않나 싶은 것이 하나도 없었다. 몇 시간 버스를 타고 가는 내내 한쪽이 이야기를 하면 다른 쪽이 열심히 들었고, 그런 다음에는 역할을 바꾸었다. 그래서 이야기를 하는 쪽은 지금껏 자기 인생의 중요한 문제를 이해하지 못했던 이유가 그저 전문가처럼 설명해줄 수 있는 상대를 기다렸기 때문이라는 생각을 자꾸만 하게 되었다.

우리는 그날의 대화를 평생 멈추지 않았다. 비록 멀리 떨어져 살지만 우리는 지금도 계속해서 그 버스에 앉아 있다.

양파를 썰면서, 집중해서 칠을 하는 율리아를 틈틈이 흘깃거리고, 30분마다 한 번씩 다른 종의 새 울음소리를 흉내 내는 시건방진 벽시계 소리를 들으며 나는 우리의 우정이 이토록 오래, 이토록 잘 유지되는 이유가 무엇인지 고민한다. 이제 너랑은 그만했으면 좋겠어, 라는 생각을 둘 중 누구도, 꿈에서라도 하지 않는 이유가 무엇인지.

그만하고 싶지 않은 한 가지 이유는, 한쪽이 다른 쪽의 집에 놀러 가도 맞이하는 쪽이 식사를 준비하거나 바닥을 깨끗이 닦지 않아도 되기 때문이다. 우리는 주저 없이 상대의 현재 생활로 섞여 들어간다. 율리아가 마지막으로 우리 집에 왔을 때 나는 마감이 걸려 있었고, 내가 글을 쓰는 사이 그녀는 우리 아들의 숙제를 봐주었다.

또 한 가지 이유는 우리의 우정을 일주일에 한 번씩 충전시킬 필요가 없기 때문이다. 우리의 우정은 혼자일 때도 거닐 수 있는 마음의 풍경 같다. 때로 몇 주씩 연락하지 않아도 그 오랜 침묵에 부딪혀 깨질 것이 없다. 한참 만에 내가 율리아한테 전화를 걸어서 "무슨 일이 있었는지 이야기하면 너 못 믿을걸" 하고 운을 떼고 그녀가 "말해봐" 하고 대답을 하면, 나는 귀로 들을 수 있다. 그녀가 만사 제쳐두고 같이 열을 올린다는 것을. 몇 십 년 전부터 우리는 서로의 삶을 전하고, 다른 쪽이 극적인 갈림길에 서면 남은 한쪽이 적어도 마음으로는 늘 그 곁에 서 있었다. 옛날 안내표지판 방식대로, 표정을 지우고 어떤 방향으로 접어들어야 할지 절대로 가르쳐주지 않는 그런 안내표지판이 붙은 큰 교차로 말이다. 우리는 이런 골치 아픈 교차로에서 서로의 곁을 지켰다. 입은 꾹 다물었고, 조언은 상대가 명확하게 요청할 때에만 던졌다. 그토록 오래 아는 사이이므로 우리는 서로의 불행과 행복의 증인이 되었다. 그래서 상대가 물어보면 이렇게 말해줄 수 있다. "벌써 가봤잖아. 거기로는 더 갈 필요가 없어. 그 길은 너도 이미 알고 있어. 거긴 상당히 어두워." 혹은 이렇게도 말할 수 있다. "그때도 잘 해냈잖아. 그러니까 이번에도 잘 할 수 있을 거야."

같은 도시에 살지 않아서 우정을 지켜나가기가 더 수월한 건지, 그것은 잘 모르겠다. 자주 안 보면 잊기도 쉽겠지만 잘못을 저지를 일도 적다. 사실 율리아를 보면서 도무지 이해가 안 되는 점들이 적지 않다. 멍청한 그 집 벽시계가 그렇고, 15년 전 그 비열한 교사 놈이랑 안 헤어지고 그렇게나 오래 질질 만났던 것도 그랬으며, 아플 때마다 병원에는 안 가고 허브나 즙을 마셔대는 것도 그렇다. 몇 시간이고 사람들과 어울리면서도 혼자 있고 싶은 욕구가 안 생기는 것도 이해가 안 되고, 마리우스 밀러-베스테른하겐*의 음악을 향한 절대적이면서도 결코 설명이 안 되는 사랑이 그러하며, 안달복달하는 그녀의 성격과 안경(보석이 총총 박힌 안경)이 그렇다. 당연히 율리아도 나를 보며 이해가 안 되는 점들이 많을 것이다. 가령 사람을 별로 좋아하지 않고 툭하

* Marius Müller-Westernhagen. 독일 뮤지션이자 배우.

면 심리 타령을 해대는 데다, 불굴의 의지로 멜리사 에더리지**를 사랑하는 것도 그럴 것이며, 한심한 요리 실력에 뜨거운 것을 잘 못 먹고 의사 말이라면 무조건 믿고 강아지라면 종을 불문하고 환장하는 것도 이해가 안 될 것이다. 그러나 이 모든 것은 하찮은 것이며, 이 모든 것이 우리를 갈라놓을 수는 없다. 우리가 같이 살지 않기 때문이다.

아직은 그 무엇도 우리를 갈라놓지 못한다고, 마지막 양파를 다지면서 문득 나는 생각한다. 아마 율리아도 아직은, 그리고 꿈에서라도 나를 떠나겠다는 생각을 하지 않을 것이다. 그런 장면은 상상만 해도 심장이 쿵 내려앉는다. 하지만 언젠가는 나한테 질릴지도 모른다. 내가 세인트버나드나 파라세타몰*** 칭찬을 너무 많이 하거나, 어느 날 나보다 더 그녀를 닮은 누군가가 버스의 그녀 옆자리에 앉을지 모른다. 가령 마리우스 뮐러-베스테른하겐이 말이다.

율리아의 벽시계가 새된 금속성 소리를 내뱉는다. 아마 지빠귀 울음소리라고 주장하는 것 같다. 그녀가 일어나서

***
** Melisa Etheridge. 미국의 싱어송라이터이자 기타리스트이며 사회운동가.
*** 파라세타몰은 아세트아미노펜의 다른 이름으로, 해열 및 진통 작용을 하는 일반 의약품.

붓을 씻고 레인지에 프라이팬을 올린다.

"왜 그렇게 봐?" 그녀가 묻는다.

"방금 우리 생각을 했어. 좋은 우정은 무엇으로 만들어지나, 그런 생각." 내가 말한다.

"말해봐." 율리아가 말한다.

"증언, 격려, 조력, 신뢰." 내가 약간 힘없이 말한다.

"양파 잘 썰었네." 율리아가 말하며 내가 학살한 양파를 가리킨다. 그녀가 나를 향해 미소를 짓는다. 그걸 보니 그녀가 당분간은 나를 떠나지 않을 확률이 매우 높다.

우리는 음식을 만들어 먹고 수다를 떤다. 밤이 이슥해지자 율리아가 벽시계를 떼어서 창고에 가둔다. 내가 잠을 잘 수 있도록.

어마어마한 불안

내가 좋아하는 말 중 하나가 '불편'이다. 편치가 않아 괴롭다니, 뭔가 감당하기 벅찰 정도로 대단한 일 같지만, 사실 그 편치 않은 일의 대부분은 하찮다. 가령 불편은, 명문 귀족이 아침 식사에 딸려온 잼이 평소 먹던 것이 아니어서 그 일을 처리해야 할 때 느끼는 감정인 것이다.

기차가 연착을 할 때 스피커에서 흘러나오는 단골 사과 멘트도 바로 "불편을 끼쳐드려 죄송합니다"이다. 그 말을 들을 때마다 나는 뭐 그리 대단한 문제가 생긴 것은 아니고 그냥 좀 자잘한 일이 생겼으니 이해하라는 말로 들린다. 요즘

내가 기차를 많이 타고 다니므로, 나의 단골 불편은 기차가 연착하는 바람에 행사 전에 호텔에 갈 시간이 없어서 역 화장실에서 옷을 갈아입어야 하는 사태이다. 그사이 제법 훈련이 되어서, 이제 나는 화장실 칸 어디에 가방을 놓아야 문을 열 때 안 걸리적거리는지 아는 경지에 이르렀다. 나아가 캐리어를 열고 양말 바람으로 그 안에 들어가서 아주 우아하게 바지를 갈아입을 수도 있고, 역 화장실에서 옷을 갈아입을 때는 처음부터 끝까지 입으로만 숨을 쉬어야 한다는 사실도 몸으로 익혔다.

그런데 오늘은 좀 다르다. 오늘은 일찍부터 늦게까지 계속 투덜거리기만 하는 날 중 하나다. 빨리빨리 안 한다고, 제대로 못 한다고 시비를 거는 날 중 하나다. 물론 그 모든 불평은 오늘 하루가 아니라 나 자신이 만들어내는 것이지만, 그렇다고 해서 그 하루가 더 멋져지는 것은 아니며, 당연히 기차 연착이 더 멋져지는 것도 아니다.

오늘은 가방이 무척 커서 화장실 칸이 평소보다 작다. 내 왼쪽 칸에는 십중팔구 세무사인 여자가 들어가 있다. 큰 목소리로 누군가와 통화를 하면서 거래세 예정신고와 연체료에 대해 설명하고 있으니 말이다. '거래세 예정신고'는 내가 좋아하는 말이 아니고, '연체료'는 더더욱 그렇다. '연체료' 는 뭔가 반감을 불러일으키는 말이다. 특히 오늘 같은 날에 는 듣자마자 게으르고 무능한 것 같은 기분을 일깨운다. 더 구나 나는 여기가 아니라 다른 화장실에서 들었다고 해도 '연체료'라는 말을 들으면 항상 나한테 하는 말처럼 들린다.

세무사로 추정되는 그 여자는 직업 탓에 연체료와 아무 런 문제를 겪지 않는다. 심지어 그런 말을 하면서 소변도 볼 수 있어서, '연체료'라는 단어 한가운데로 오줌을 갈긴다.

그녀가 그러고 있는 동안 나는 가방에 들어 있는 행사용 블라우스를 못 찾고 헤맨다. 그러다 마침내 블라우스를 찾 아내지만, 너무 서두르다가 그만 화장실 좌대에 떨어뜨린 다. 나는 블라우스가 변기 안으로 들어가지 않게 하려고 용 을 쓰다가 그만 탕! 하고 화장실 칸막이를 친다.

세무사가 묻는다. "거기 괜찮아요?"

"네." 내가 대답한다. "급하게 서두르다가 그랬어요."

"고요 속에 힘이 있어요." 세무사가 말한다. 그녀는 친절 하게도 그 말을 나한테 하지만, 분명 거래세 예정신고 연체 료를 받은 그 사람도 들으라고 하는 소리일 테다.

나는 변기 뚜껑에 앉아서 블라우스 단추를 채운다. 고요

속에 힘이 있다. 하지만 지금, 이 순간은 그럴 형편이 아니다. 아무리 둘러봐도 고요는 집에다 두고 왔으므로 나는 고요 속에 든 힘을 꺼내 쓸 수가 없다.

서두르며 허둥대다 보면 쫓기는 기분이 드는 동시에 멍청이가 된 기분이다. 나는 입으로 숨을 쉬면서 절로 이웃집 폴 씨의 사회 공포증을 생각한다. 역 화장실에서 가방과 어마어마한 불안에 끼여 움쭉달싹 못 하는 데도 사회 공포증이 밀려들지 않는 사람이 있다면 그야말로 구제 불능일 것이다.

옷을 갈아입고 나오자 세무사는 벌써 세면대 앞에 서서 얼굴을 되살리고 있다. 나는 목소리를 듣고 그녀를 알아본다. 그녀가 여전히 거래세 경고를 받은 누군가와 이야기를 하고 있기 때문이다. 세무사는 화장도 노련하고 패션도 최고인지라 입술에만 세 가지 다른 제품을 능숙하게 바르고 붓질한다. 내 얼굴은 여름 내내 기차역 화장실에서 보낸 사람 때깔이라, 이제는 내가 봐도 질린다. 나는 이 정신 나간 하루에게서 멋진 사연 하나를 더 우려내자고 마음먹는다. 그래서 이제 나는 세무사에게 어떻게 하면 볼연지를 능숙하게 바를 수 있는지 물을 것이다. 나는 내게 끈기 있게 설명을 하는 그녀를 상상한다. 자기 화장품 케이스를 열어서는 고요와 힘에 관한 문장들과 그 밖의 온갖 우아한 제품들을 꺼내는 그녀를 상상한다. 내 얼굴이 발그레해질 때까지, 평생 한 번도 경고를 받아본 적 없는 얼굴처럼 될 때까지 그 모든 것을 내 얼굴에 처바르는 그녀를 상상한다.

볼연지 설명을 마친 후 세무제도도 멋지게 설명하는 그녀를 나는 상상한다. 그녀가 말한다. "하긴 뭐. 경고도 사람이 하는 일이니까요." 그러느라 우리는 시간과 악취를 잊고, 나중에 집에 돌아가서 나는 이렇게 이야기할 수 있을 것이다. "글쎄 말이야, 오늘 기차역 화장실에서 세무사가 화장을 해줬어."

세무사가 전화를 끊는다. "실례지만." 내가 말을 건다. "볼연지는 어떻게 칠하는 건지, 잠깐 설명해주실 수 있을까요?"

세무사가 내 쪽으로 몸을 돌려 나를 쳐다본다. 그녀의 눈길에 표정이 없다. 어쩌면 내가 방해한 건지 모르겠다고 나는 생각한다. 아직 통화가 안 끝났을 수도 있다. 귀에 이어폰을 끼고 다니는 사람들은 눈에 안 보이는 사람의 말을 듣고 있어도 알 수가 없으니까.

"뺨에다 하겠죠." 세무사가 어깨를 으쓱하며 말하더니 가버린다. 나는 그녀의 뒷모습을 쳐다보다가 다시 거울로 눈을 돌린다. 나는 말한다. "불편을 끼쳐드려 죄송합니다."

욕먹은 심장

오늘은 나의 다섯 살 대자 벤을 할머니 집까지 데려다주
는 날이다. 우리는 베를린에서 코트부스까지 기차를 타고
간다. 모든 아이가 그렇듯 벤 역시 밑도 끝도 없이 불쑥 질
문을 잘 던진다. 우리는 기차역 제과점 앞에 늘어선 긴 줄에
서 있다. 사실 그건 줄이 아니라 끝이 안 보이는 떼거리이
다. 갑자기 벤이 묻는다. "전쟁은 어떻게 시작해요?"

나는 진열된 빵을 보느라 정신이 팔려서 대충 대답한다.
"사람들이 싸우면 전쟁이 시작되지." 벤이 고개를 끄덕인다.
계산대 너머의 판매원 하나가 나를 보며 묻는다. "뭐 드릴

까요?"

"저거 두 개요." 나는 대답하며 치즈가 든 빵을 가리킨다. 하늘이 내려보냈는지 아니면 다른 어마어마한 것이 내려보냈는지는 알 수 없지만, 이 순간까지 있는 줄도 몰랐던 한 남자가 상당히 큰 소리로 말한다. "잠깐만요!"

나는 고개를 돌린다. 남자는 내 뒤편 대각선 자리에 서서 나를 째려보고 있다. "얼굴이 얼마나 두꺼우면 여기서 그냥 막 새치기를 합니까?"

"저 새치기한 적 없어요." 나는 말한다. "거기 서 계신 줄 몰랐어요. 죄송해요." 남자는 내 말이 듣고 싶지가 않다. 그가 바로 내 말을 받아친다. "그렇게 새치기를 하면 아들한테 모범이 되겠어요?"

"우리 아들 아니에요. 대자예요." 그것이 이 일과 무슨 큰 상관이라도 있다는 듯 나는 굳이 설명을 한다. 그 남자가 말한다. "당신은 정말 모범이 못 되는 어른이군요." 그러고는 입을 다물어버린다. 나도 입을 다문다.

욕을 먹으면 당장 순발력 있게 갚아주고 몇 분 지나면 싹 다 까먹어버리는 사람들이 많다. 안타깝지만 나는 그런 식의 욕을 흘려버리지 못한다. 누군가(정신쇠약에 걸린 계산

원, 투덜대는 버스 기사, 화난 제과점 손님)가 지나가는 말이라
도 부당하게 나를 욕하면 그 말이 역청처럼 딱 달라붙어 떨
어지지 않고, 나는 그럴 때마다 화가 나서 쿵쾅거리는 심장
을 부여안고서 오래오래 순발력 있는 대답을 찾아 헤매지
만, 이미 때는 늦은 지 오래다. 욕만 그런 것이 아니다. 누군
가 던진 친절한 말도 딱 달라붙어 떨어지지 않는다. 최근에
콜택시를 부르려고 전화를 걸었다가 콜센터 직원한테 "목
소리가 참 좋아요"라는 칭찬을 받았을 때도 나는 몇 시간이
지나도록 꿈인 양 그 말을 떠올렸다. 나만 그런 것이 아니
다. 며칠 전에 어떤 할머니의 장바구니를 잠깐 대신 들어준
적이 있었는데, 헤어질 때 그 할머니도 나를 당신 장바구니
를 길 아래까지 들어준 사람이 아니라 당신을 평생 업고 다
닌 사람 보듯이 바라보았다. 겸사겸사 베푼 잠깐의 친절이
아주 오래 갈 수 있듯, 안타깝게도 잠깐의 불평 역시 오래갈
수 있다.

　벤과 나는 승강장으로 간다. "모범이 뭐예요?" 벤이 묻는
다. 벤도 치즈 빵과 함께 그 제과점의 남자를 여전히 끌고
다니기 때문이다. 남자의 불평까지도. "모범은 어떤 사람이
참 좋은 일을 해서 사람들이 나도 저렇게 해야지 하고 생각

하는 거야." 나는 대답한다. 그리고 묻는다. "맛있어?"

벤이 고개를 끄덕인다. 그러더니 내 뒤쪽을 가리키며 깜짝 놀라 속삭인다. "저기 봐요." 우리는 B승강장에 있는데 D승강장에 그 제과점에서 화를 내던 남자가 서 있다.

나는 벤의 손과 가방을 잡는다. "가자, 벤." 내가 말한다. "저 사람한테 한 번 더 가보자."

"가지마요." 벤이 말한다. 아마 전쟁이 날까 무섭기 때문일 것이다. "걱정하지마. 잘될 거야." 물론 이 순간까지만 해도 아직 실제로 잘되리라고, 심지어 많이 잘되리라고 예상하지는 못했어도 나는 그렇게 말한다. 이 순간까지만 해도 우리가 역청을 뒤집어쓸 가능성은 있었다. 그 남자가 더 화가 나서 룸펠슈틸츠헨*처럼, 부당하게 욕먹은 심장처럼 길길이 날뛸 수 있었다.

"알았어요." 결국 벤이 대답하고, 우리는 그쪽 승강장으로 걸어간다. 우리가 가는 이유는 그 남자가 나의 모범 역할을 지적했기 때문이다. 그의 불친절을 내가 그냥 두고 볼 수 없기 때문이며, 그의 이야기를 고쳐주고 싶기 때문이다. 계속

---

* Rumpelstilzchen. 독일 그림 동화에 나오는 난장이.

해서 새치기를 하는 세상이 그를 에워싸고 있다고 주장하는 허풍선이 이야기 말이다. 우리가 가는 이유는 오늘 밤 어둠을 노려보며 이렇게 말할걸, 저렇게 말할걸 후회하고 싶지 않기 때문이다. 그런 일은 없었으면 좋겠고, 그 남자도 그러기를 바란다. 아마 우리가 가지 않는다면 그 남자 역시 오늘 밤 어둠을 노려보며 생각할 것이다. "오늘 기차역 제과점에서 그런 재수 없는 짓을 하지 말걸." 그리고 D승강장을 향해 다가가며 나는 생각한다. 나중에 어둠을 노려보며 이럴걸, 저럴걸 후회하지 않도록 매일매일을 꾸려가는 것, 바로 그것이 중요하다고.

남자는 싸울 태세가 아닌 것 같다. 입으로 뱉어낸 불평이 가슴앓이처럼 목에 걸린 표정이다. 우리가 불쑥 나타나자 그는 깜짝 놀라서 우리에게 미소를 짓는다. 나는 웃지 않는다. "드릴 말씀이 있어서요." 내가 먼저 말을 꺼낸다. "저는 정말로 새치기하지 않았어요. 선생님이 계신 줄 몰랐어요. 아까 저한테 화내신 거 부당해요."

"맞아요." 그 남자가 말한다. 그는 안도의 심정으로 그 말을 한다. 우리가 정말로 밤에 어둠을 노려보지 않아도 되도록 그를 구제해주었다는 확신이 든다. "죄송합니다." 그가 말한다. "사실은 다른 일로 화가 나 있었어요. 애먼 사람한테 화풀이해서 죄송합니다." 그리고 우리는 악수를 한다. 정치인 둘이서 카메라를 쳐다보며 악수하듯 상당히 오래, 카메라 대신 벤을 쳐다보며. 벤은 우리가 방금 전쟁을 막기라도 한 듯 우리 둘을 번갈아가며 쳐다본다. "안녕히 가세요." 우리 세 사람은 인사를 나눈다. 우리 승강장으로 돌아오는 길에 벤과 나는 이상하게도 무거워진 기분이 든다. 좋은 방향으로 아주 무거워진, 지금 막 들어오는 기차만큼이나 무거워진 기분이다.

비제 여사가 사랑에 빠졌어요

이웃집 비제 여사가 사랑에 빠졌다. 그건 시각장애인의 눈에도 보인다. 비유가 아니라 진짜다. 비제 여사가 집채만큼 큰 새로운 사랑을 뿜뿜 뿜어대며 복도를 둥실둥실 날아가던 순간 나는 1층에 사는 시각장애인 안 여사와 우편함 앞에 서 있었다. 비제 여사가 우리를 스쳐 날아가자 안 여사가 보이지 않는 눈으로 그녀의 뒤를 한참 쳐다보다가 묻는다. "비제 여사가 사랑에 빠졌어요?"

"어떻게 아셨어요?" 내가 묻는다.

비제 여사의 연애사에서 특히나 감동적인 점은 그녀의

사랑이 공황발작 속에 숨어 있었다는 사실이다. 몇 달 전 전철에서 그녀는 갑자기 심장이 두근거리고 땀이 솟구치고 숨이 찼으며 온몸이 미친 듯 부들부들 떨렸다. 그날 이후로 대중교통을 타지 못해서 출퇴근을 택시로 했는데, 돈이 너무 많이 들어서 결국 행동치료사에게 달려갔다. 비제 여사의 이야기를 들어보면 그녀는 거기서도 호흡곤란을 겪었는데, 그건 행동치료사가 줄담배를 피우는 통에 상담실이 연기로 가득 찼기 때문이었다. "죄송하지만 상담 중에 담배를 피우셔도 되는 건가요?" 첫 상담 마지막에 비제 여사가 폭발해서 물었다.

치료사는 자욱한 공기를 향해 흠잡을 데 없는 도넛을 만들어 불었다. "저를 있는 그대로 받아들이셔야 합니다." 그녀가 비제 여사에게 말했다. "저도 환자분을 있는 그대로 받아들이잖아요. 겁쟁이 씨." 비제 여사는 당연히 무시당한 기분이 들었지만, 또 살짝 감동을 받기도 했다.

치료사는 훌륭한 치료사의 치료방식에 따라 공황이 처음 일어난 때가 언제였냐고 물었다. "출근할 때요." 비제 여사가 말했다. "그 직전에 무슨 생각을 했지요?" 치료사가 물었다. 비제 여사가 대답했다. "슈네피 생각을 했습니다." 그러고는 눈을 반짝거렸다. 치료사가 몸을 앞으로 숙이더니 비제 여사를 쏘아보았다. "슈네피가 뭐죠?" 그녀가 묻자 비제 여사가 직장 동료 슈네프의 이야기를 꺼냈다. 별명이 슈네피인데 매일 아침 전철에서 만난다고 말이다. 그녀는 슈네피의 흠잡을 데 없는 외모를 칭찬했다. 번개처럼 파란 눈동자에 실측백나무같이 몸이 좋고 까마귀처럼 까만 머리가 풍성한 데다 똑똑하고 재밌는, 한마디로 정말 정말 멋진 남자라고 말이다.

"숨이 차고 땀이 솟구치고 심장이 뛰고 온몸이 떨리는데 슈네피를 생각했다." 치료사가 정리를 했다. "공황발작이 아닙니다. 사랑을 참은 거예요." 나는 그녀가 그 말을 하면서 먼지 자욱한 카우보이 장화를 신은 두 발을 책상에 턱 올려놓는 상상을 한다.

비제 여사는 슈네프 씨에게 사랑을 고백하기로 결심했다. 치료사가 그러고 나면 다시 전철을 탈 수 있을 것이라고 맹세했기 때문이기도 했다. 비제 여사가 두 번이나 용기를 내지 못하자 치료사가 말했다. "술을 마셔요. 그럼 술술 나올 거예요." 비제 여사가 우리 집 초인종을 누르고 집에 술이 있냐고 물었다. 사랑이 술술 흘러나오려면 의사가 시키는 대로 취할 때까지 마셔야 한다고 말이다. 묵직한 적포도주 한 병의 효과가 톡톡하여 비제 여사는 마침내 사랑을 참지 않고 슈네프 씨에게 털어놓는 데 성공했다. 그녀가 다행히 활짝 열린 문으로 달려 들어갔고, 그날 이후 더는 멈춤이 없다. 전철의 공황발작은 어제 일이지만, 대신 이제 비제 여사는 담배를 피우기 시작했다.

지난주에 나는 처음으로 계단을 내려오는 슈네프 씨를 만났다. 내 눈에는 그의 몸이 실측백나무보다는 풍파에 시달린 소나무 같았고, 듬성듬성한 포니테일은 바닥을 쓸고 나서 빗자루에서 잡아 뜯은 싸리나뭇가지 같았으며, 번개처럼 파랗다는 그의 눈동자는 선글라스에 가려 보이지 않았고, 그에게서는 할인 판매하는 남성 향수 냄새가 진동했다. 슈네프 씨는 다정하게 미소를 지었고 나도 미소를 지었다. 나는 생각했다. 슈네피, 우리는 참 운이 좋아. 미모가 보는 사람 눈에 달렸으니 말이야. 당신은 운이 좋아. 당신을 보는 사람이 비제 여사라서, 비제 여사 눈에는 당신이 흠잡을 데 없이 완벽하게 잘생긴 남자라서.

"비제 여사의 사랑은 어떻게 생겼어요?" 얀 여사가 우편함 앞에서 내게 묻는다. "사람마다 생각이 다르니까요. 비제 여사는 그 사람 머리가 풍성한 실측백나무라고 해요." 내가 말한다. 방금 우리 곁을 지나간 비제 여사가 슈네프 씨한테서 떨어진 남성 향수에 절여 있어서 그 찌꺼기가 아직 공기 중에 둥둥 떠다닌다.

얀 여사가 코를 쿵쿵대더니 한숨을 쉰다. 얀 여사가 비제 여사의 집채만 한 사랑에 살짝 질투심을 느끼는 것이, 누가 봐도 확실하다. "나는 올해로 결혼한 지가 25년이에요." 그녀가 말한다. "축하드려요." 내가 말한다. 그리고 최근 들어 나의 이웃들이 자기 애정사에 매우 너그러워진 덕에, 얀 여사는 20년을 지나는 동안 남편을 향한 자신의 매우 지속적인 사랑이 깊이를 얻었고 당연히 그 사실이 너무도 소중하지만, 그 모든 깊이에 더해 몰래 약간의 높이도 키우고 싶다고 말한다. "조금만 더 짜릿짜릿하면 좋겠어요." 그녀가 말한다. 우리는 우편함 앞에 서서 다양한 사랑을 측정하고 깊이와 높이를 점검한다. 그러다 얀 여사가 말한다. "우리 집에 편지 왔나 봐줄래요?" 그녀가 내 손에 우편함 열쇠를 쥐어준다.

나는 얀 여사네 우편함을 열면서, 몰래 흥분하여 덜덜 떨리는 글씨로 얀 여사에게 쓴 편지가 있기를 바란다. 그럼 얀 여사는 내게 당장 편지를 뜯어서 읽어달라고 부탁할 것이다. 더는 참을 수 없는 사랑을 고백하는 편지를. 하지만 우편함에는 얀 씨가 정기구독하는 잡지 『들어봐』만 달랑 들어 있다. "그럼. 나는 그만 가봐야겠어요. 남편이 기다려요." 얀여사가 말한다.

"조심히 들어가세요." 나는 인사하며 생각한다. 얀 씨가 그녀를 집채만큼 크게 기다리기를, 얀 씨가 숨이 가쁘고 땀이 솟구치며 온몸이 덜덜 떨리고 심장이 쿵쾅거리기를.

눈물 한 방울 안 떨어진 것처럼

사촌 동생 리디아는 심리상담사이다. 오늘 나는 퇴근 후에 그녀를 데리러 그녀의 상담실에 들른다. 리디아가 문을 연다. 언제나처럼 크림화이트색 옷차림이다. "잠깐만 기다려." 그녀가 말하고, 나는 상담실 복도에 앉아 기다리는 내 내 마음이 편치 않다.

인터넷에서 본 것 같은 상담실들이 있다. 유서 깊은 건물에 조명이 밝고 책장과 데이베드 쇼파, 예쁜 안락의자가 제자리에 잘 비치되어 있으며, 직은 탁자에는 티슈 한 장이 뽑힌 채로 어서 써달라고 채근하는 각 티슈가 놓여 있다. 너무

너무 우아해서 이가 버글거리는 자신의 문제를 그곳에 풀어놓을 엄두가 나지 않는 상담실이 있다. 어두침침한 반지하 소굴 같아서 처음 들어가면 정말로 '부부' 전문 심리상담사와 약속을 잡은 게 맞는지, 그게 아니면 '잔혹'이 특기인 살인자와 예약을 한 건 아닌지 헷갈리는 상담실이 있다. 박제한 짐승 대가리나 뭉크의 〈절규〉가 벽에 걸린 상담실이 있고, 그네의자 탓에 의자에 앉으면 절로 풀이 팍 죽어버리는 상담실이 있다. 카우치에 웃기는 초록색 사람 발 모양의 플라스틱 모형이 붙어 있는 상담실이 있다.

하지만 리디아의 상담실이야말로 내가 아는 가장 심란한 상담실이다. 리디아의 상담실은 벽에 아무것도 걸려 있지 않고, 전부 다, 말 그대로 전부가 크림화이트색이다. 카우치에서 양탄자를 거쳐 리디아의 머리카락과 전기단자대에 이르기까지 전부 다 크림화이트이다. 리디아에겐 내담자가 많지만, 상담실의 모습은 늘 이곳에 그 누구도 온 적이 없는 것 같다. 여기선 말 한마디 나눈 적도, 머리카락 한 올, 눈물 한 방울도 떨어진 적이 없고 어떤 결정도 내린 적이 없으며 어떤 말도 이해한 적이 없는 것 같다.

리디아의 친절은 한결같이 크림화이트이다. 우리는 공원

을 산책한다. 리디아가 강아지를 좋아해서 나는 강아지 한 마리를 집에 들이라고 권한다. "싫어." 리디아가 사근사근하지만 고민 없이 바로 대답한다. "왜 싫어?" 내가 묻자 그녀는 너무나 리디아다워서 충분히 예상할 수 있는 대답을 던진다. "죽으면 불행해지잖아."

나는 입을 다문 채로, 지금 이 자리에 있었으면 엄청나게 말을 많이 할 누군가를 떠올린다. 바로 역시나 심리상담사인 울리히 삼촌이다. 울리히 삼촌은 리디아를 정말로 아끼고, 바로 그 때문에 기회 있을 때마다 리디아를 야단친다. 가족 모임 때마다 울리히 삼촌은 리디아와 그녀의 인생을 마구 뒤흔들고, 그래서 리디아는 연신 그를 피해 다니지만, 삼촌은 어느 사이 화장실에 가는 그녀를 따라가서 그녀의 상담실과 인생의 무표정한 크림화이트를 비난한다.

리디아는 한 번도 연애를 해본 적이 없다. 언젠가 끝날 수 있다는 두려움 때문이다. 리디아를 따라다닌 남자들이 많았고, 울리히 삼촌한테 들은 이야기로는, 한번은 리디아도 사랑에 빠진 적이 있었다. 상대는 약사였다. 리디아와 약사 사이에 1년 넘게 불꽃이 튀다가 어느 날 약사가 리디아에게 약국 바깥에서 만나자고 제안했다. 리디아는 약사에게 확실히 홀딱 빠졌으면서도 거절했다. 연애의 시작은 끝을 초래한다는 것이 이유였다. 리디아는 애도 낳지 않는다. 언젠가 애들이 집을 떠날 것이기 때문이다. 리디아는 여행도 안 간다. 어차피 돌아올 것이기 때문이다. "숨도 쉬지마." 결국 울리히 삼촌이 호통을 쳤다. "어차피 숨도 그만 쉬어야 할 거잖아."

리디아의 마흔 번째 생일에 남동생이 축사를 했다. 리디아가 상담사로 성공했고 다정하고 매력적이라고 말이다. 그 연설을 들은 울리히 삼촌이 리디아한테 가서 말했다. "네 쉰 살 생일에는 크림화이트 말고도 더 할 말이 있으면 좋겠구나. 그때면 너도 더는 젊지 않을 거고 추억이 있는 노년을 준비할 때일 테니." 울리히 삼촌은 그 준비의 방향을 제시하는 뜻에서 아무 표정도 없는 리디아의 상담실에 벽 장식품을 선물했다. 불행하게도 박제한 수멧돼지 대가리였다.

나는 리디아와 나란히 걸으며 그녀의 크림화이트색 고독을 상상한다. 리디아는 훌륭한 상담사이므로 사람들이 어떻게 허무의 아픔을 피하려고 어떤 꼼수를 쓰는지 잘 알고, 당연히 그것을 해결할 치료제도 알고 있다. 죽음과 악마와 삶의 유통기한이 존재한다 해도 삶에 생명을 불어넣게 도와줄 방법을 그녀는 안다. 브리기트 반데르베케*의 말마따나 "늘 수렁을 가로지르려는" 헝클어진 인생을 크림화이트색 양탄자에 내려놓도록 도와줄 방법을 안다. 그러나 이 모든 요령과 요령을 해결할 요령을 다 알 때, 온갖 치료제에 둘러싸여서 진짜로 무엇을 해야 할지 정확히 알면서도 늘 이 지식을 남들에게만 슬쩍 건넬 수 있을 때, 거기다 전문가 친척이 선의로 마음을 마구 뒤흔들어놓을 때, 아마 인간은 특히나 더 외로울 것이다.

한 남자가 양치기 개를 데리고 우리 곁을 지나가면서 리디아에게 미소를 날린다. 그 남자는 약사일지도 모르고 강아지는 점잖아 보인다. "저 강아지가 리디아한테 딱인데." 나는 생각한다. "겸사겸사 저 남자까지 데려갈 수도 있지." 리디아는 내 생각을 짐작하고서 나를 쳐다본다. 그녀에게 모험을 바라는 사람이 아니라 수멧돼지 대가리 박제를 각오하라고 하는 사람을 쳐다보듯이.

우리는 계속 걷는다. 그녀의 일과 나의 일 얘기, 이미 할 얘기는 다 했고 더는 할 얘기가 없으므로 입을 꾹 다문 채

* Brigit Vanderbeke. 잉에보르크 바흐만 상, 크라니히슈타인 문학상 등 다수의 문학상을 수상한 독일의 작가.

로. 나는 리디아에게 비밀이 있기를 격하게 바란다. 울리히 삼촌도 나도 아직 모르는 비밀, 좋은 뜻을 품은 친척에게서 멀리 떨어져 있는 비밀, 방대하고 다채로운 고도의 비밀, 비밀이기에 애당초 크림화이트색이 아닌 그런 비밀이 있기를 말이다.

하늘의 별처럼 닿을 수 없는

집 청소를 마친 엄마가 내 품에 상자 하나를 던진다. 상자 위에 '애들 물건'이라고 적혀 있다. 나는 플레이모빌인가 싶었지만, 상자는 가장자리 끝까지 온통 모르텐 하르케*이다.

모르텐 하르케는 1980년대에 큰 인기를 끌었던 노르웨이 팝 밴드 아하A-ha의 보컬이다. 그는 내 마음에서도 큰 인기를 끌었다. 어떻게 시작되었는지는 기억나지 않지만 열세

---

* Morten Harket. 노르웨이의 음악가이자 밴드 아하의 리드 보컬리스트. 프랭키 밸리의 〈캔 테이크 마이 아이즈 오프 유Can't Take My Eyes Off You〉를 리메이크하여 인기를 끌었다.

살 소녀였던 나는 모르텐 하르케가 내 인생의 사랑이라고 확신했다. 나는 그를 주제로 매일 시를 적어도 한 편씩은 써 댔다. (시에는 "별처럼 닿을 수 없어", 어쩌고저쩌고가 자주 등장 했다.) 그가 나를 위해 내 마음을 완벽하게 이해한다고 말하 는 노래들을 써준 데 대한 고마움의 표시였다.

별처럼 닿을 수 없어서 좋은 점은, 닿을 수 없는 사람은 잘못을 저지를 수 없다는 것이다. 내 사춘기 소견으로는 완 전히 과대평가된 실제 삶이 철저하게 잘못을 저지르고 있는 시기에 (수학은 도무지 무슨 말인지 몰라서 잘못이고, 나의 원 가족은 존재 그 자체로 이미 잘못이며 내 몸뚱이는 뚱뚱하고 여 드름투성이여서 잘못이었다) 그런 사람은 황금만큼 귀한 법이 다. 열세 살의 실제 삶에서는 핀 대가리만 하던 나의 자존감 이 모르텐 하르케와 마음이 통하면서부터 엄청나게 커졌다. 그래서 『브라보』가 모르텐 하르케에게 이제 애인이 생겼다 는 소식을 전했을 때도 나는 무심하게 받아들였다. 그 불쌍 한 바보가 달리 어쩌겠는가? 그는 나를 몰랐다. 당시 나는 확신했다. 그가 나를 알았더라면 나를 선택했을 것이라고. 비현실적 이론이 그 정도로 탄탄한 행복의 기반이 되는 경 우는 드물었다.

매일 학교에서 돌아오자마자 나는 아하와 모르겐 하르케와 통하는 나의 마음으로 온 집 안을 적셨다. 남동생은 아예 스톡홀름 증후군에 빠지자고 작정을 했는지 아하의 모든 노래를 따라 부르기 시작했다. 그 결과 동생이 키우는 베오도 금방 모든 노래를 따라 부를 수 있게 되었다. 따라서 엄마는 네 개의 목소리로 노래를 들어야 했다. 모르겐 하르케, 내 남동생, 새와 내가 동시에 노래를 불렀기 때문이다.

엄마가 뭘 하건, 쾨니히스베르거 클로프제*를 만들건 학부모 회의 준비를 하건, 벽에 회칠을 하건, 자전거 수리를 하건, 이를 잡고 있건, 남동생에게 산수를 가르치려고 낑낑대고 있건, 나는 무조건 엄마 옆에 딱 붙어서 모르텐 하르케의 몸과 마음이 얼마나 아름다운지 설명하거나 그의 히트곡 〈테이크 온 미 Take on me(내 마음을 받아줘)〉를 해석한 나의 최신 번역을 감격에 겨워서 낭독했다. 엄마는 내가 무슨 말을 하건 열심히 고개를 끄덕였고, 내 공연의 말미에는 지쳐서 눈살을 찌푸렸다.

내 기억으로는 엄마의 그 대단한 인내심이 딱 한 번 흔들

---

* 케이퍼와 화이트소스를 곁들인 고기완자.

린 적이 있었다. 울리히 삼촌의 차를 타고 가족 모임에 가던 중이었다. 차 안에는 당연히 아하가 돌아가고 있었다. 몇 달 동안 시달린 엄마가 심약해져서 말했다. "미안하지만 더는 못 듣겠다." 엄마가 음악 소리를 낮추었다. "나도 이런 째지는 소리는 스트레스다." 울리히 삼촌이 말했다. "가수 이름이 뭐라고? 쇼티 바스켓?"

나는 버럭 화를 냈고, 엄마는 울리히 삼촌에게 감사의 미소를 날렸다. 삼촌은 내가 묻지 않았는데도 쇼티 바스켓이 내 정서적 발달에 왜 중요한지를 설명했다. 그런 솜털같이 폭신폭신한 열광이 사랑의 훈련장 같은 것이라고. 거절로 인한 상처를 입지 않고도 상상이라는 안전한 공간에서 감정을 시험해볼 수 있다고. 내가 마구잡이로 사랑을 밀어붙일 수 있기에 그 불쌍한 바보 쇼티 바스켓은 자신이 닿을 수 없는 사람이라는 사실과 함께 내 마구잡이 사랑을 감수해야 한다고. 그렇게 나는 훗날 잘 훈련한 감정을 가슴에 담고서 더는 폭신폭신하지 않은 현실의 닿을 수 있는 사랑 속으로 걸어 들어갈 수 있을 것이라고.

나는 한 마디도 못 알아들었다. 엄마가 물었다. "어쨌거나 다른 거 들으면 안 될까? 한네스 바더* 같은 거 말이야."

32년이 지난 후, 그러니까 지금, 나는 나랑 통했다는 그 낡은 마음이 가득 든 상자를 앞에 두고 앉아서 엄마에게 말한다. "다 재활용으로 버려도 돼요." 우리 엄마는 버리는 데에는 소질이 없다. 특히나 옛날의 사랑 훈련장은 더욱 버리기가 힘들다. 그래서 엄마가 약간 울적해진다. "사실 목소리는 진짜 좋았는데." 엄마가 말한다.

엄마와 나는, 내가 열네 살 생일 직전에 『브라보』 최신판을 들고 집으로 돌진하던 일을 떠올린다. 거기에 모르겐 하르케와의 만남에 응모할 수 있다고 적혀 있었던 것이다. 엄마는 내가 마치 담배 한 갑을 주문했다거나 문신 예약을 했다고 말한 사람처럼 나를 쳐다보더니 말했다. "절대 안 돼."

"왜 안 된다고 했어?" 몇 십 년이 지나서 누렇게 바랜 포스터를 도로 상자에 집어넣으며 내가 묻는다. "하늘의 별처럼 닿을 수가 없어야 오래갈 수 있으니까." 엄마가 진지하게 말한다. 투사投射, projection를 잔뜩 짊어진 유령이 갑자기 현실로 들어오면 꿈이 깨질 수도 있으니까. 그건 몽유병 환자를 깨우는 것과 같다고, 엄마는 말한다.

---

* Hannes Wader. 1970~80년대 독일 좌파 문화권에 거대한 영향을 끼친 싱어송라이터. 사회비판적 노래, 평화운동, 반전 메시지를 담은 다수의 곡들을 발표했다.

어쩌면 콘서트에서 사람들이 그렇게 악을 쓰고 기절을 하는 이유도 그것일 것이다. 유령을 봤을 때 사람들은 하는 짓이 그런 것이니까.

엄마와 나는 모르겐 하르케와 몇 가지 다른 물건을 재활용 컨테이너로 가져간다. 그러느라 시간이 늦어서 바로 잠자리에 든다. 밤에 부엌에서 소리가 들려서 잠이 깬다. 나지막한 노랫소리와 달그락거리는 소리다. 미처 못 갖다버린 유령이 부엌에서 돌아다니거나 엄마가 음식 준비를 하시는 거라고, 나는 생각한다. 우리는 둘 다 잠이 안 오면 그런 짓을 한다.

부엌문을 연다. 엄마가 거기 서서 반죽을 밀면서 나지막하게 노래 부른다. "테이크 온 미."

차라리 고래고래 악을 쓰는 게 낫다

60대 중반의 이웃 슈베르터스 여사가 나흘 전부터 긴장 완화 주간에 들어갔다. 심리상담사가 일주일 동안 아무것도 하지 말고 긴장 완화만 하라고 지시했기 때문이다. 건물에 사는 모두가 그 사실을 안다. 슈베르터스 여사가 그날 이후로 그 이야기 말고 다른 이야기는 전혀 하지 않기 때문이다. 상담사가 슈베르터스 여사에게 혼자서 긴장을 풀라고, 오롯이 혼자 있으라고 권유했기 때문에 슈베르터스 씨는 아내가 긴장 완화를 마칠 때까지 온종일 시내를 하릴없이 쏘다닌다.

슈베르터스 여사가 일주일 동안 긴장 완화를 하는 이유는 맥이 빨리 뛰는데도 의학적으로는 이유를 알 수 없기 때문이다. 심장이 너무 빠르고 너무 크게 뛰는 바람에 밤에 통잠을 잘 수가 없다. 그 이야기도 우리 모두에게 해주었는데, 어찌나 집요하게 해대는지 우리 모두가 밤마다 사납게 뛰어대는 그녀의 심장 소리를 벽과 천장을 통해 훤히 들을 수 있을 지경이다.

슈베르터스 여사는 이 한 주가 무서워 몸서리를 쳤다. 긴장 완화가 뭔지도 모르는데 꼭 그 효과를 봐야 한다는 심리적 압박감 때문이다. 우연히 현관에서 그녀를 만난다. 그녀가 빈 화분을 손에 들고 거기 서 있다. 나는 묻는다. "그래, 잘되어가요?" 슈베르터스 여사는 몇 시간 전부터 이 질문을 기다린 사람의 표정으로 나를 바라본다.

그녀의 이야기가 옛날로 거슬러 올라간다. 예전에는 누군가 "긴장을 늦출 수가 없어요"라고 말하면 늘 은근히 감동했노라고 말이다. 그 사람이 너무도 에너지가 넘치고 의욕에 불타서 소파에 가만히 앉아 있을 수 없다는 소리로 들렸기 때문이다. 그런데 지금은 거꾸로다. 적절할 때 긴장을 내려놓지 못하는 사람은 자기 자신과 소통하지 못하고 스스로를 보살필 줄도 모르는 여러 등등 어디가 모자란 사람 취급을 받는다. 그래서 억지로라도 긴장 완화를 하지 않을 수가 없다고 말이다. 그녀는 최근에 드러그스토어에 갔더니 정말로 이름이 릴렉션 부스터Relaxation Booster인 크림이 있더라며, 내가 어떻게 생각할지 모르겠지만 자신은 군사개입 같은 어감으로 들린다고 말한다.

"잘 안되시는군요." 나는 조심스레 그녀의 말을 정리하고, 그녀는 저 영혼 깊은 곳에서부터 대답을 끌어올린다. "네."

슈베르터스 여사는 만반의 준비를 했다. 각종 긴장 완화법을 소개했다며 상담사가 권한 책도 한 권 다 읽었다. 그중 한 가지 방법은 "애완동물을 애무한다"였다. 슈베르터스 여사는 목털이 쭈뼛 섰다. 그녀는 (너무도 정당하게) 애무를 무시무시한 단어라고 생각한다. "물론 취향 문제겠지만요." 그녀가 마음씨 넓게 말한다. 애완동물을 쓰다듬으면 맥박이 떨어진다는 사실이 입증되었으므로 슈베르터스 여사는 명확한 애무의 의도를 띠고서 그녀가 키우는 페니키즈에게 다가갔다. 녀석은 슈베르터스 여사가 늘 그 점을 칭찬했듯이 쓰다듬는 것을 별로 좋아하지 않아서 당황한 나머지 부엌으로 줄행랑을 쳤다. 나는 슈베르터스 여사에게 대왕고래의 심장은 분당 한 번밖에 안 뛸 때도 많으니까 고래를 쓰다듬는 쪽으로 애를 써보면 어떻겠냐고 제안한다. 고래의 맥박에 물들지도 모르니까 말이다. 하지만 슈베르터스 여사는 고래는 애완동물로 치지 않을 것이라며 시큰둥한 반응을 보인다.

"상상하라"는 조언도 슈베르터스 여사는 시도해보았다. 하지만 통하지 않았다. 그녀가 떠올린 모든 장소가 금방 불편해졌기 때문이다. 여사가 바닷가를 상상하면 그곳에선 이내 플라스틱 쓰레기가 파도를 타고서 둥둥 떠다닌다. 조용한 북극의 풍경을 떠올리면 기후변화로 굶어 빼빼 마른 북극곰이 유빙에 앉아 떠내려가고 있다. 인적 드문 밤나무 밑을 떠올리면 당장 나무를 파먹는 가는나방이 펄럭펄럭 날아와 나무에 앉는다. 무슨 장면이든 떠올리자마자 곧장 흉측한 장면으로 변해서, 상상이 전혀 맥박에 도움이 되지 않는다. "이런 세상에서 어떻게 맥박이 침착함을 유지할 수 있는지 모르겠어요." 슈베르터스 여사가 말한다. 물론 나도 그건 모르지만, 그래도 밤마다 우르르 쾅쾅 울려대는 맥박도 세상에 도움이 되지 않는다는 것만은 안다.

또 하나의 방법은 명상이다. 그러나 슈베르터스 여사에

게는 명상도 상상만큼이나 잘되지 않는다. "그래도 명상은 정말 대단해요." 그녀가 단언하며, 학자들이 불교 승려들을 MRI 기계에 밀어 넣고 관찰했더니 명상하는 두뇌는 엄청나게 행복하고 완벽했다고 전한다. 더구나 불교 승려들은 엄청난 연민을 전파하므로, 그것이 다시 세상에 유익하다고 말이다.

슈베르터스 여사가 빈 화분을 들여다본다. 그 바닥에 불교 해마가 있기라도 하듯.

"긴장 완화가 싫어요." 이제 슈베르터스 여사는 투덜댄다. 그녀의 심장이 침착함을 잃으려고 한다. "이 엉터리 긴장 완화 방법들이 무지무지 싫어요."

나는 화분을 가리킨다. 슈베르터스 여사가 말한다. "열다섯 번째 방법이에요. 흙을 가지고……." 나는 무슨 말인지 알아듣는다. 그래서 이렇게 제안해본다. "차라리 산책을 하시는 게 어떨까요? 강아지도 좋아할 테고."

"강아지는 나한테 절대 안 오려고 해요. 쓰다듬으려고 했더니." 슈베르터스 여사가 말한다. 그것도 이해가 된다. "그럼 요리는 어때요." 나는 말한다. 잠이 안 올 때면 나는 음식 만들 준비를 해서 냉동실에 얼린다. 우리 집 냉동실은 꽁꽁

언 불면의 증거들로 가득하다. "전부 다 완전 엉터리야." 슈베르터스 여사가 큰 소리로 외친다. 그때 현관으로 슈베르터스 씨가 들어온다. 원기를 회복한 모습이다. 기나긴 하루를 누군가가 긴장을 완화할 때까지 기다리며 보낸다는 것은 기다리는 사람에게도 확실히 휴식이 되는 모양이다. 그가 명랑한 표정으로 아내에게 묻는다. "그래, 나의 릴랙션 부스터는 어때?"

"훨 나아." 슈베르터스 여사가 대답한다. 실제로 그녀의 얼굴에서 주름이 펴졌다. 긴장 완화 기술을 헐뜯는 게 긴장을 풀어주는 모양이다.

나는 잠시 상상한다. 슈베르터스 여사가 증오심을 불태우며 페니키즈와 승려와 고래를 쓰다듬는 모습을. 차라리 고래고래 악을 쓰는 게 훨씬 보기 좋을 것 같다.

우리가 예상하지 못한 것

나의 베프 소냐가 오늘 50번째 생일을 맞이했다. 우수리 없이 딱 떨어지는 10년 단위 생일이면 으레 그렇듯 준비에 적잖은 어려움이 있었다. 소냐는 파티를 하고 싶지 않았지만 온 세상이 성대한 파티를 기대한다고 생각하자 마음이 무거웠다. 그래서 결국 자기가 태어난 해를 주제로 삼아 '테마 파티'를 열자고 제안했다. 각자가 1969년에 역사적으로 중요했던 인물이나 사건으로 분장을 하자는 것이다. 나는 기가 막힌 아이디어라고 생각했다. 아쉽게도 달 착륙과 미국 희대의 살인마 찰스 맨슨은 소냐의 남편과 사촌이 당장 찜해버렸다. 나는 1969년이 ZDF 히트 퍼레이드*가 처음 방송을 탄 해였으므로 디터 토마스 헤크**가 되자는 멋진 계획을 세웠다. 하룻밤 디터 토마스 헤크가 되고 싶은 바람이 진즉 내 마음에 자리하고 있었는데도 그동안에는 미처 몰랐던 것이다.

하지만 소냐는 파티를 접고 그냥 아주 가까운 사람들끼리 모여 밥이나 먹자고 마음을 바꿔먹었다. "기대하라지. 쉰 살이면 남들 실망 좀 시켜도 될 나이야." 소냐가 말했다. 그러나 내가 내 의도보다 훨씬 더 실망한 표정으로 자기를 쳐다보았으므로 소냐는 파티는 안 해도 나는 디터 토마스 헤크로 분장해도 좋다고 허락해주었다.

우리는 호숫가 식당에서 파티를 열었다. 정말로 가까운 사람들만 모였다. 그런 생일에는 으레 감상적으로 되고 사려가 깊어지므로 문득 소냐의 삶이 상당 부분 우리의 예상을 빗나갔다는 깨달음이 밀려온다. 소냐가 중세학으로 박사 학위까지 따고서 열정적인 사회복지사가 될 것이라고는 그

---

* 독일 공영방송사인 ZDF에서 1969년부터 2000년까지 방영한 전설적인 음악 순위 프로그램.

** Dieter Thomas Hecker. 독일 가수이자 배우로 1969년에서 84년까지 ZDF 히트 퍼레이드의 진행을 맡았다.

누구도 예상치 못했으니 말이다. 소냐가 세바스티안과 결혼할 것이라고도 아무도 예상치 못했다. 완전히 샛길로 빠진 결정이었지만, 지금은 그 무엇도 더는 가로막을 수 없을 사랑이다. 소냐의 딸 레니 역시 아무도 예상치 못했다. 소냐가 몇 년 동안 임신을 하지 않았기 때문이다. 지금 레니는 우리 같은 어른이라면 모조리 쪽팔릴 나이다. 그중에서도 디터 토마스 헤크가 가장 쪽이 팔릴 것이다.

소냐는 할머니의 목걸이를 목에 걸었다. 생일과 한 해의 마지막 날에는 세상을 떠난 누군가의 물건을 착용하여 그분을 이듬해로 함께 모시고 가는 축하 방식은 나도 배워서 따라 하고 있다. 소냐의 아버지는 소냐의 결혼식 축사에서 소냐만큼 작별을 힘들어하는 사람을 본 적이 없다고 말씀하셨다. 어릴 적에는 심지어 빈 병을 버릴 때도 울음을 터트렸고 말이다.

지금은 밤이 깊었다. 모두가 잠들었고, 소냐와 나만 호숫가에 앉아 있다. 감상과 그라우부르군더*** 한 병 덕에 우리는 몸과 마음이 다 따뜻하고, 머리에선 온갖 지난 일들이 휘

*** 독일의 화이트 와인.

몰아친다. "너 기억나?" 소냐가 좋아하는 질문들은 이런 말로 시작하고, 우리는 그런 질문을 서로에게 많이 던진다. 우리는 거기 앉아서 이 모든 시간을 감탄하고, 미국에 사는 소냐의 아버지가 보내신 선물에도 감탄사를 연발한다. 소냐의 아버지는 워낙 '올드'하셔서 선물이라면 항상 실망만 안겨주셨다. 그런데 올해는 셀카봉을 선물하셨다. 물론 역시나 이해할 수는 없는 선물이지만. 우리는 소냐의 휴대전화를 셀카봉에 끼운다. 셀카봉을 호수 위로 드리운 순간 소냐의 아버지한테서 전화가 걸려온다. 화상통화이다. 소냐가 전화를 받아서 셀카봉에 끼운 후 휴대전화를 다시 호수 위에 드리운다. 소냐의 아버지 얼굴이 물 위에 둥둥 떠 있다.

소냐의 아버지를 뵌 지가 꽤 오래되었다. 그래도 내가 레니만 할 때 소냐의 아버지가 얼마나 쪽팔렸던지는 아직 생생히 기억난다.

"우리 딸, 축하한다." 아버지가 말한다. 소냐의 아버지는 브란덴부르크 호수의 수면과 미네소타에서 동시에 그 말을 한다. "그 셀카봉을 갖게 된 것도 축하한다. 멋있지? 그걸로 셀카 많이 찍어라. 우리 딸은 예쁜 모델이니까. 넌 여전히 예뻐. 물론 네 나이치고는 그렇다는 말이지." 그가 뒤로 물러나더니 호수 위로 킥킥 웃음을 던진다. 소냐가 셀카봉을 돌리자 아버지가 이제 거꾸로 떠 있다. "어떻게 지내니?" 아버지가 묻는다.

"늙은 것 같아요." 소냐가 말한다. 아버지는 화난 표정으로 딸을 쳐다본다. "그 말은 해도 내가 해야지." 아버지가 말한다. "얼마나 늙어야 딸이 오십일지 상상해봐라."

"아버님, 안녕하세요." 내가 인사하며 가발을 제대로 고쳐 쓴다. "제가 누군지 맞춰보세요."

소냐가 다시 아버지를 되돌린다. "모르겠는데. 호르스트 제호퍼*인가?" 그가 말한다. 내가 펄쩍 뛰며 반박하려는데 소냐가 말을 끊는다. "제가 차곡차곡 쌓아둔 과거가 다 어디로 가버렸을까요?"

"아, 시간이…… 거기 몇 시냐?" 아버지가 한심하다는 듯 말하며 작은 화면에서 큰 몸짓으로 그만 끊자는 신호를 보낸다. "새벽 2시요." 소냐가 대답하자 아버지가 말한다. "난 저녁 7시다. 시간이 얼마나 허망한 물건인지 알겠지. 아인슈타인이 뭐라고 했는지 아니?" 소냐가 눈알을 굴리며 대꾸한다.

---

* Horst Seehofer. 독일 정치인으로 연방식품농업부 장관을 역임했다.

"아니요. 모르는데요." 나는 무시당한 것 같아 기분이 상해서 묻는다. "디터 토마스 헤크가 무슨 말 했는지는 아세요?"

"아인슈타인이 말했다. 과거, 현재, 미래로 나누는 것은 집요한 환상에 불과하다고." 소냐의 아버지가 호수에 둥둥 떠서 말한다. 연결이 좋지 않아 잠시 그의 모습이 살짝 흐려진다. "네 과거는 언제나 존재해. 접혀서 네 안에 들어 있지."

레니가 달려온다. "할아버지가 호수에 떠 있네." 레니가 말한다. 호들갑스러운 인사가 오간다. 레니와 할아버지는 서로 무척 사랑하기 때문이다. 우리 모두는 우리 안에 접혀 있는 과거와 함께다. 소냐와 내 안에는 중간 정도 양의 과거가, 호수와 소냐의 아버지에게는 무한한 과거가, 레니에게는 아직은 한 눈에 다 들어올 만큼의 과거가 있다. 레니가 내 가발을 벗겨 자기 머리에 쓴다. "멋지다." 소냐의 아버지가 말한다. "그러고 있으니 꼬마 디터 토마스 헤크 같구나."

'구제 가능'
낭만주의자

모두의 내면은 반짝반짝 광이 나는데
우리 내면만 엉망진창인 것 같아.

너의 과거는 언제나 존재해.
접혀서 네 안에 들어 있지.

꽉 붙잡고 있어요.
슬픔이 어디 못 가게 꽉.

나는 마음도 양말이나 빗물받이처럼
수리를 할 수 있다고 생각했다.

그럼 지금은
취미가 뭐예요?
사춘기?

나는 여기 살고 싶어요.
모두 곁에.

이렇게 떨면서 인생을 헤쳐나가는 거야.

나는 마음의 목소리가 하나가 아니고 떼거리에요.

우리는 서로의 불행과 행복의 증인이 되었다.

사랑의
기본소득

온갖 근심　마리아나 레키 지음
　　　　　　장혜경 옮김

그제의 공포

그제 엘리베이터에 갇혔다. 그제까지만 해도 나는 그런 일이 일어나면 곧바로 패닉에 빠질 것이라 생각했다. 실제는 생각보다 훨씬 덜 나빴는데, 이유는 나와 같이 갇힌 중년 여성이 곧바로 패닉에 빠졌기 때문이다. 그녀가 바로 덜덜 떨며 울기 시작했고 나는 낯선 사람들끼리라면 응당 지켜야 할 거리를 끝까지 지키지 못하고 얼른 그녀를 품에 안았다. 그녀에게서 제비꽃 알약 냄새가 풍겼다. 그녀는 내 외투에 얼굴을 묻고 울면서 콧물을 흘렸고, 나는 열나는 아이나 늙은 말을 달랠 때처럼 그녀를 어르며 진정시켰다.

그녀가 울면서 뭐든 노래를 불러달라고 부탁해서 나는 〈달이 떴어요Der Mond ist aufgegangen〉*를 흥얼거리기 시작했고, 1절 마지막 구절인 "하얀 안개가 아름다워요"를 부르기도 전에 엘리베이터가 다시 움직였다. 갇혀 있는 내내 중년 여성의 공포를 잠재우느라 말 그대로 손이 열 개라도 모자랄 판이었으므로, 정작 나의 공포는 있는 줄도 몰랐다.

이틀이 지난 지금, 나는 또다시 엘리베이터 앞에 서 있다. 줄지어 늘어선 여러 대의 엘리베이터다. 나는 병원에 왔고 7층에 있는 이비인후과에 예약을 잡았다. 엄청 분주해서

---

* 독일 시인 마티아스 클라우디우스Matthias Claudius가 쓴 「저녁 노래Abendlied」의 첫 구절로, 요한 아브라함 페터 슐츠가 교회 음악으로 작곡하여 유명해졌고 자장가로도 많이 불린다. 1연은 이러하다.

달이 떴어요.
하늘에는 황금빛 별들이
환하고 맑게 빛나지요.
숲은 어둡고 조용한데
풀밭에서 피어오른
하얀 안개가 아름다워요.

Der Mond ist aufgegangen,
die goldnen Sternlein prangen
am Himmel hell und klar;
der Wald steht schwarz und schweiget,
und aus den Wiesen steiget
der Weiße Nebel wunderbar.

엘리베이터들이 쉬지 않고 오르내리고 엘리베이터 문이 열리고 닫히고 사람들이 타고 내린다. 오직 나만 가만히 서 있다. 그것도 길을 가로막고서. 나는 별안간 찾아오는 엘리베이터 공포 따위 아는 바 없는 사람들 앞을 가로막고 서 있다. 갑작스러운 이 공포가 그제 그 중년 여성의 공포인지(나의 외투 소매에선 여전히 제비꽃 알약 냄새가 난다) 아니면 중년 여성이 친절하게도 대신 떠안는 바람에 그제에는 미처 고개를 내밀지 않았다가 이제야 뒤늦게 실컷 놀고 싶은 나 자신의 공포인지 모르겠다. 나는 엘리베이터 안이 아니라 앞에 딱 붙들려 있다.

엘리베이터 문을 등지고 돌아서서 계단을 찾아보자고 마음먹는다. 그러나 '차라리 타지 말자'는 이 외면이 재앙이 될 수 있다는 것을 나는 잘 안다. 이유를 알 수 없게도, 갑작스러운 공포의 손을 잡고서 갑작스러운 행동치료사가 내 마음에 들이닥쳤기 때문이다. 그 치료사가 나에게 가르친다. 엘리베이터를 외면하는 것은 회피이며, 공포가 생길 때 한 번이라도 회피하면 곧바로 공포 장애가 따라온다고. 그리고 며칠 못 가 ㄱ 공포 장애가 신나게 퍼져나가서 이제 더는 엘리베이터 안으로 냉큼 들어가지 못할 뿐 아니라 집 밖으로도 거의 나오지 못하게 된다고. 한 번의 회피는 절대 한 번으로 끝나지 않는다. 최악의 경우 평생을 간다. 내 마음의 행동치료사가 이 모든 것을 계산해 보여주지만, 안타깝게도 그 모든 말은 일생에 도움이 안 된다.

나는 엘리베이터를 외면하고 로비에 서서 계단이 어디쯤 있을까 고민한다. 밤에 승강장에 서 있다가 갑자기 집으로 가는 마지막 열차가 운행하지 않는다는 안내방송을 들은 사람처럼, 나는 순식간에 앞이 아득하여 어찌할 바를 모른다.

뒤에서 누가 헛기침을 한다. 돌아보니 제복을 입은 남자가 서 있다. 키가 엄청 커서 가슴에 붙은 '보안'이라는 글자가 내 눈높이에 있다. 문득 다시 그 노래 가사가 떠오른다. "그대들은 저기 저 달이 보입니까? 반만 보이지만."*

"도와드릴까요?" 남자가 묻는다. 나는 고개를 들고 성긴 은발로 둘러싸인 다정한 얼굴을 쳐다본다. "이비인후과에 가려고 계단을 찾고 있어요." 내가 말한다. "거기는 제일 꼭 대기인데요. 엘리베이터를 타시죠." 남자가 말한다. 올라오는 공포 장애와 상상의 행동치료사가 쫓아오고 있기에 나는 낯선 사람끼리라면 응당 지키는 거리를 오래 유지하지 못한다. "엘리베이터에 갇힐까 봐 겁나서요. 그제 갇혔거든요."

내가 말한다. 남자가 잠시 고민한다. "제가 같이 타고 갈까요?" 그렇게 물은 그가 덧붙인다. "저는 안전요원입니다. 위층으로 가실 수 있게 도와드릴 의무가 있습니다."

하마터면 감동하여 안전요원을 끌어안을 뻔한다. "정말 친절하시네요." 하지만 안전요원에게 수고를 끼치는 것이 불편하므로 나는 말한다. "감사하지만 정말 괜찮아요." 남자는 바지 주머니에 손을 넣어 꼬깃꼬깃한 명함을 꺼낸다. "제 번호입니다." 그가 말한다. "갇히지 않겠지만 혹시라도 그런 일이 생기면 저한테 전화하세요. 제가 당장 꺼내드리겠습니다." 그가 심장과 전화가 들어 있는 가슴 주머니를 두드린

---

* 앞에서 소개한 마티아스 클라우디우스 「저녁 노래」의 3연이다.

그대들은 저기 저 달이 보입니까?
반만 보이지만
둥글고 어여쁘네요.
눈에 보이지 않는다고
우리가 마음껏 비웃는
많은 것들이 그러할 것입니다.

Seht ihr den Mond dort stehen?
Er ist nur halb zu sehen
und ist doch rund und schön.
So sind wohl manche Sachen,
die wir getrost belachen,
weil unsre Augen sie nicht sehn.

다. 나는 고개를 끄덕이고 엘리베이터를 탄다. 명함을 경전처럼 앞쪽에 들고서.

내가 탄 엘리베이터에는 아무도 없지만 정말로 많은 것이 타고 있다. 내가 탄 엘리베이터에는 매정한 행동치료사가 같이 타고서 명함은 허용되지 않는 회피전략이라고, 스스로가 자신의 안전요원이 되어야 한다고 투덜거린다. 내가탄 엘리베이터에는 그제 그 여자의 일시적인 공포와 나 자신의 일시적인 공포가 타고 있다. 내가 탄 엘리베이터에는 안전요원의 무한한 친절이 그 무엇보다도, 그리고 아주 크게 자리 잡고 있다.

이비인후과 진료실은 폐소 공포증 환자의 머릿속처럼 사람으로 미어터져서, 내가 6층에서 엘리베이터를 탈 무렵엔 이미 날이 어둑어둑했다. 아래로 내려가는 동안 나는 그 안전요원이 아직 거기 있어서 제대로 감사의 인사를 전할 수있기를 바란다. 그와 그의 친절이 오늘 치밀어 오른 공포 장애와 행동치료사를 잠재웠다고 말할 수 있기를. 그리고 바람대로다. 그는 여전히 거기 서 있다. 나를 보자 그가 웃으며양손 엄지손가락을 척 치켜세운다.

사춘기, 대륙이동

기차 맞은편 좌석에 열여섯 살쯤 되어 보이는 남자아이가 앉아 있다. 어쩌면 이름이 팀일 수도 있다. 자고로 드라마에서 매력이 철철 넘치기 때문에 운동장에 그냥 멀거니 서 있기만 해도 전교 여학생의 심장이 덜커덩 내려앉는 그런 남자아이들은 이름이 모조리 팀이니 말이다. 내가 자리를 찾아오자 팀은 미소를 지으며 인사했고, 내가 가방을 짐칸에 올릴 때도 도와주었다. 우리 아들도 저렇게 자라면 정말 좋겠다, 나는 생각했다.

기차가 볼프스부르크를 막 지난 지금, 팀의 엄마가 전화를 건다. 팀의 표정이 썩고 목소리가 짜증 투로 변한다. "그건 왜 물어?" 잠시 후 팀이 전화기에 대고 왈왈 짖는다. "당연히 갖고 왔지. 바보 아냐?" 그러고는 다시 한동안 엄마 말을 듣기는 하지만, 턱뼈는 물론이고 눈동자까지도 들들 갈아대더니 결국 "그만 좀 해"라고 내뱉고는 전화를 툭 끊어버린다.

나는 화가 난다. 내가 상상하는 팀의 엄마는 바보가 아니라 사랑스러운 여자다. 지금 나는 그녀가 비웃음 넘치는 전화기를 손에 들고서 거의 눈이 멀 것 같은 상실감에 젖어서 어쩌다 아들이 엄마한테 소리나 지르는 괴물이 되었을까 스스로 묻고 있을 모습을 그려본다. 한때는 아들에게 세상의 중심이었던 자신이 어쩌다 이제는 세상 얼간이가 되어버렸는지, 어쩌다 팀은 과거의 그 다정하던 아이를 그만두고 말았는지.

그렇지 않기를, 나는 바란다. 그녀가 망연자실하게 서 있지 않고 힘차게 분노하기를 바란다. 그녀가 전화에 대고 내뱉은 마지막 말이 이것이었기를 바란다. "속옷 넉넉히 챙겼는지, 영원히 갈아입을 만큼 챙겼는지, 그게 알고 싶어 전화한 거야. 집에 안 와도 괜찮아. 안녕, 잘 가, 나는 제2의 인생을 시작할 거야. 자식 없는 멋진 인생."

나는 화난 표정으로 팀을 째려본다. 하지만 그는 스마트폰에 정신이 팔려서 내 시선을 알아차리지 못한다. "엄마한테 어떻게 그딴 식으로 말해?" 하마터면 그 말을 할 뻔한다. 1950년대에 누군가 우리 불쌍한 엄마의 시 앨범에다 적어 놓은 그 끔찍한 격언도 하마터면 인용할 뻔한다. "엄마의 심장이 뛸 때 아껴라. 멎으면 이미 늦다."

나는 이제 다시 얼굴색이 정상으로 돌아온 팀의 얼굴을 가만히 바라보며 새삼 내가 사춘기에 대해 아는 것이 없다는 생각을 한다. 변성기와 솜털이 어떤 괴물을 데리고 오는지 나는 모른다. 우리 아들은 열세 살이어서 사춘기가 코앞이지만, 지금까지는 별 기미가 없다. 아들은 여전히 내가 전화하면 좋아한다. 여전히 축구선수 사진을 모으고, 여전히 그 사진 속 축구선수 누가 언제 어떤 골을 쐈는지 하염없이 이야기한다. 나는 속으로 이제부터는 아들이 아무리 수다를 늘어놓아도, 특히 "또"라고 해도, 피곤해하지 말자고, 아들이 전하는 골 소식마다 같이 열광하자고 다짐한다.

나아가 더는 미루지 말고 사춘기 책을 읽어보자고 마음먹는다. 그리고 그 책의 내용이 근본적으로는 취학 전 아동에 관한 책과 같기를 살짝이나마 기대한다. 거기에는 아이가 화가 잔뜩 나서 주먹을 부모에게 휘두르는 것이 건강한 애착의 증거라고 적혀 있다. 부모는 자식이 무슨 짓을 해도 자식을 버리지 않으므로 부모에게는 그럴 수가 있다고 말이다. 내가 지금 상상하는 그 책을 팀의 엄마도 읽었기를, 나는 바란다.

팀을 노려보던 눈길을 거두고 나는 책을 집어든다. 책에 꽂힌 책갈피가 축구선수 사진이다. 아들이 좋아하는 축구선수로, 나는 그의 선수 이력에 대해 알고 싶었던 것보다 훨씬 더 많이 알고 있다. 아들은 그 사진을 복사해서 내게 엄숙하게 선물했다.

나는 사진을 손에 들고서 돌돌 만다. 사춘기는 비정상적으로 빠른 대륙이동 같은 것일지 모른다. 몇 년에 걸쳐 아들과 나를 멀리 떼어놓을 것이고, 나중에, 아주 나중에 우리가 다시 만나면, 아들은 장성하고 나는 이미 쪼그라들어서 우리는 눈을 비비면서 약간 당황할 것이고, 스쳐 지나가는 지인에게 하듯 서로에게 공손할 것이다.

"앙토니 모데스테다." 갑자기 팀이 알은체한다.

나는 고개를 든다. 팀이 미소 지으며 사진을 가리킨다.

"이 사람 알아요?" 내가 묻는다.

"당연하죠." 팀이 말한다.

"우리 아들이 사진을 모아요." 내가 말한다.

"저도 한때 모았어요. 예전에." 팀이 말한다.

"그럼 지금은 취미가 뭐예요? 사춘기?" 나도 모르게 불쑥 그 말이 튀어나온다. 말을 하면서 벌써 미안한 마음이 든다. 내가 아주 뾰족하게 질문을 했기 때문이다.

"왜요?" 팀이 놀라 물으며 제 얼굴을 만진다. "여드름 났어요?"

"아니요. 그냥 아까 엄마하고 전화할 때 보니까 그래서."

팀이 몸을 뒤로 기대더니 창밖을 내다보며 생각에 잠긴다. 그러더니 비밀 이야기를 하는 사람처럼 탁자 앞으로 몸을 숙이고는 멋진 명언을 날린다. "우리 엄마는 쿨한데 안 쿨해요." 그가 일어선다. 내 짐작보다 훨씬 키가 크다. 그가 짐을 꾸리기 시작하고, 아주 긴 목도리를 정말 한참 동안 목에 두른다. "아드님은 몇 살이에요?"

"열세 살."

"그럼 금방 사춘기가 오겠네요." 팀이 말하며 아래로 허리를 굽혀 작당모의라도 하는 사람처럼 나를 바라본다. "그럼 재미있는 일이 많을 거예요." 사춘기가 오면 우리 아들과 내가 파티를 벌이며 엄청나게 즐기기라도 할 듯 그가 히죽 웃는다. 많은 것이, 거의 모든 것이 산산조각이 날 야단법석 파티 말이다.

팀이 기차에서 내린다. 나는 창밖을 내다본다. 코앞에 팀의 엄마가 서 있다. 딱 봐도 팀의 엄마다. 생긴 것이 영락없이 팀 엄마다. 팀이 다가가자 그녀는 미소를 참으려 애를 쓴다. 누군가 절대로 웃으면 안 된다고 지령을 내린 것처럼. 팀이 팔을 뻗어 엄마의 어깨 위 허공을 쓰다듬는다. 아주 잠깐. 그러고는 얼른 팔을 뺀다. 그가 팔을 빼는 이유는 엄마가 파티를 망치기 때문이다.

곱사등이 친척들의 안경

　딱딱하게 굳은 가족의 전설도 누군가가 바깥에서 바라보면 새롭게 밝혀지는 것이 많다. 작년에 나는 친구 카이를 우리 가족 모임에 데리고 갔다. 카이는 정말로 뚝 떨어진 바깥에서, 그러니까 시드니에서 놀러 왔다. 모임에 가는 길에 나는 우리 가족 누가 어떤 사람으로 통하는지 들려주었다. 우도 삼촌은 정말로 똑똑하고, 루시 고모는 정말로 재미나고, 울리히 삼촌은 너무너무 잘생겼다고 말이다.

　카이는 우리 친척들하고 잘 어울렸고, 나중에 이렇게 말했다. "솔직히 말하면 우도 삼촌은 그 정도로 똑똑하진 않은 것 같아. 외려 숙모가 더 똑똑해." 그는 또 이렇게 말했다. "루시 고모는 상당히 자주 핵심을 놓쳐." 그러고는 이런 질문도 보탰다. "그런데 울리히 삼촌은 정확히 어디가 너무너무 잘생겼다는 거야? 정말 다정하기는 해도 잘생긴 건, 글쎄, 난 잘 모르겠어." 그 모든 말이 부정할 수 없을 만큼 딱 맞아떨어져서, 나는 새삼 내가 이미 어린 시절에 맞춰 낀 안경으로 다들 그렇다고, 앞으로도 영원히 그럴 것이라고 말하는 그런 모습으로 우리 가족을 보고 있다는 깨달음이 들었다.

그리고 이제 트라우들 할머니가 돌아가셨다. 나는 트라우들 할머니를 잘 몰랐다. 그녀와 오래 이야기를 나눈 기억이 없다. 할머니는 가족 모임에 와도 별말씀 없이, 다른 사람들 이야기를 듣기만 했다. 할머니가 이따금 던지는 한마디 말만 기억이 난다. 누군가 어떤 것에 대해 예측을 할 때면 트라우들 할머니는 말씀하셨다.

"사람 일은 모르는 거야."

울리히 삼촌이 자기 아들은 절대로 고등학교도 졸업 못 할 것이라고 예측했을 때 할머니는 그렇게 말씀하셨다. 사람들이 뇌졸중이 온 한노 삼촌이 절대로 회복하지 못할 것이라고 말들을 했을 때도 할머니는 그렇게 말씀하셨다. 베른트 삼촌이 안나 고모는 남편이 죽으면 영원히 혼자 살 것이라고 예측했을 때도 할머니는 그렇게 말씀하셨다.

트라우들 할머니는 "불행한 트라우들"이었다. 장례식에서도 다들 그렇게 말했다. 할머니가 불행한 이유는 위대하면서도 짧았던 사랑을 평생 잊지 못했기 때문이다. 우리 가족 모두가 그 사연을 알고 있다. 젊은 시절 할머니는 무도회에서 오토라는 이름의 남자와 춤을 추었고, 딱 봐도 알 수 있듯 두 사람은 첫눈에 반한 위대한 사랑이었다. "사랑해." 밤새 춤을 추고 난 후 오토가 트라우들에게 말했지만, 그는 곧바로 종적을 감추고 말았다. 트라우들의 삶에 춤을 추며 들어왔던 그 속도만큼이나 빠르게 다시 그녀의 삶에서 나가버린 것이다. 잠깐은 다들 오토가 집으로 가는 길에 교통사고를 당해 죽었을지 모른다고 생각했다. 그날 밤 이후로 죽음 말고는 그 무엇도 오토를 트라우들에게서 떼어낼 수 없었기 때문이다. 하지만 몇 년 후 오토는 프랑스에서 목격되었다. 어쨌거나 울리히 삼촌이 거기서 그를 봤다고 주장했다. 삼촌이 그 이야기를 들려주었더니 트라우들은 울리히 삼촌보다 훨씬 더 한없이 훌륭한 명언을 뱉었다. "그럼 거기서 할 일이 있었나 보지."

트라우들은 평생 혼자 살았고 교사가 되었다. 늙어서는 집 정원에다 다친 까마귀를 보살피는 보호센터를 차렸다.

트라우들의 장례식을 마치고 차에 타자 비가 억수같이 내린다. 앞창에서 와이퍼가 왔다 갔다 한다. 카이가 시드니에서 전화를 걸었다. "트라우들 할머니가 누구였지?" 그가 묻는다. 나는 반사적으로 불행한 트라우들의 전설을 읊조린다. 그러나 오토가 그녀의 삶에서 달려나가는 그 장면에서 완전히 꽁꽁 얼어 굳어버린 그녀의 삶은 음울하고 따분하기에, 나는 이렇게 덧붙인다. "하지만 사람 일은 모르는 거야."

"뭘 몰라?" 카이가 묻는다.

삶으로 달려 들어온 짧지만 위대한 사랑이 몇 십 년 동안 계속될 수 있는지는 아무도 모른다고, 나는 말한다. 몇 시간의 행복이 평생을 갈 만큼 중대한 것인지는 아무도 모른다고. "넌 낭만주의자야." 카이가 말한다. 굳이 할 필요가 없는 말이다. 우리 가족이 내게 붙여준 꼬리표가 그것이기 때문이다. 나는 낭만주의자다. 대게는 거기에다 머리를 절레절레 저으며 '구제 불능'이라는 수식어를 덧붙인다. 더 나쁜 꼬리표도 있을 테니, 굳이 낭만주의자라면 나는 '구제 가능' 낭만주의자다. "트라우들 할머니의 인생을 이대로 둬서는 안 돼." 내가 말하며 비가 억수같이 쏟아지는 차창 앞 유리에 얼굴을 바짝 갖다 댄다. 트라우들 할머니가 우리와는 다르게 사랑이 사라진 것이 꼭 손해는 아니며, 누군가를 진심으로 사랑하지만 다른 곳에 볼일이 있을 수도 있고, 안타깝게도 그 일이 평생이 걸릴 수도 있다는 사실을 깨우쳤을지, 아무도 모를 일이라고 나는 말한다.

"가령 시드니에서 말이지." 카이가 말한다.

혹은 트라우들 할머니가 우리랑 다르게 누군가를 향한 사랑은 그 누군가가 얼마나 사랑을 되돌려주건 상관없이 그 자체가 결국엔 행운이라는 사실을 깨우쳤을 것이라고 나는 말한다.

"트라우들 할머니는 정말 많은 것을 깨우치신 것 같네. 행운아야." 카이가 말한다.

"어쩌면 그것도 다 헛소리일지 몰라." 내가 말한다. "생각해봐. 어쩌면 오토가 아무 데도 안 갔을 수도 있어. 평생 둘이서 몰래 만났던 거지." 사람 일은 모르는 거니까, 나는 오토와 트라우들이 주고받은 엄청난 양의 연애편지를 상상해본다. 트라우들이 이 편지를 죽기 전에 모두 찢어서 상처가 다 아문 까마귀들에게 둥지나 지으라고 주었을지 모른다.

그 편지가 우리 눈에 띄지 않기를 바랐기 때문이고, 우리가 그 편지를 읽을 가치가 없는 사람들이며, 우리가 트라우들 할머니를 불행한 트라우들이라고 낙인찍었기 때문이다. 한 치 앞도 못 내다보는 소심한 곱사등이 우리 친척들.

　"정말 멋지네. 지금 우리가 트라우들 할머니의 인생 이야기를 구해냈어." 시드니에서 카이가 말한다. 더 거세지지는 않으리라 예상했던 빗줄기는 꼬리표 따위에는 관심이 없는지, 더 사정없이 굵어져서 이제는 카이의 목소리와 마지막 남은 약간의 시야마저 가려버린다. "전화 끊어야겠다." 내가 말한다. 카이도 뭐라고 한다. 내 귀에는 "나도 할 일이 남았어"라고 한 것 같다.

노화의 덜커덩과 덜덜에 대하여

원래는 기분 좋은 오후가 되고도 남음이 있었다. 나는 쿠키를 가져다주었다. 카미유 이모가 좋아하는 쿠키였다. 하지만 안타깝게도 분위기는 곧바로 무지 나빠지고 말았다. 나는 부엌 의자에 앉아서 푸지게 욕을 하면서 발을 쾅쾅 구르는 카미유 이모를 지켜본다. 워낙 키가 크고 몸이 무거워서 카미유 이모가 욕을 하고 발을 구를 때마다 주변의 온 세상이 덜덜 떨린다. 싱크대에 놓인 접시, 찬장에 든 찻잔, 심지어 부엌 의자까지도.

나는 카미유 이모를 태어나는 순간부터 알고 지냈다. 카미유 이모는 우리 엄마의 친구이다. 그녀가 발을 구르며 욕을 하는 이유는 내일부터 하루 두 번 간병인이 집에 오기 때문이다. 카미유 이모는 이 사실을 치욕으로, 뻔뻔한 모욕으로, 무례함으로 받아들인다. "너희들이 다 정신이 가출했구나." 그녀가 말한다. (카미유는 프랑스 사람이라서 이 표현을 무척 좋아한다.) 자신은 평생 혼자서도 잘 살았노라고 말이다. 그 말은 맞다. 카미유 이모는 누구와 함께 산 적이 없고, 그런 독신 생활을 평생 좋아했다.

더 좋은 말이 떠오르지 않아서 나는 최근에 일어났던 일들을 열거하였고, 덕분에 상황은 더 나빠졌다. 카미유 이모는 벌써 여러 번 아침에 자리에서 일어나지 않고 오전 내내 누워만 있다가 우연히 집에 들른 아들한테 들켰다. ("그냥 누워 있는 게 편하니까 그랬지." 카미유 이모가 반박했다. "마음만 먹으면 언제라도 일어날 수 있었다니까.") 또 카미유 이모는 여러 번 계단에서 굴러떨어졌다. (이모는 억지로 귀여운 인상을 풍기려고 이렇게 반박했다. "계단 반은 내려왔어. 그리고 떨어진 게 아니라 넘어진 거야.") 이모는 마당에 있다가 순환계에 문제가 생겨서 쓰러졌다. (카미유 이모가 반박했다. "수국 위로 넘어져서 아주 폭신했어.") 또 레인지를 끄지 않아서 옆에 놓여 있던 냄비 집게 천에 불이 붙었다. (카미유 이모가 반박했다. "다시 껐어. 정신 말짱했고 금방 껐어.")

카미유 이모가 구르던 발을 멈추자 덜커덩거리던 소리와 덜덜 떨던 진동이 멈추었다. 그녀가 말했다. "너네가 간병인을 내 집에 들이겠다는 것은 대놓고 나더러 늙었다고 손가락질하는 거야." 그녀가 내 앞으로 와서 섰다. "가만히 놔둬도 어차피 매일 늙을 텐데. 매일 늙어갈 텐데." 그러더니 그을린 냄비 집게 천을 집어서 내 얼굴에 들이밀었다. 천에서 썩은 내와 탄내가 풍겼다.

어릴 적 나는 카미유 이모는 절대 죽지 않는다고 생각했다. 아마 워낙 거구이고 무거워서 그랬겠지만 죽음이 어느날 그녀를 잡아가려고 와서 한참 씨름을 하다가 결국 포기하고 어깨를 으쓱하며 가버릴 것이라고 믿었다. 지금 카미유 이모는 늙었고, 간병인뿐 아니라 떠나버린 불멸 역시도 그녀에게 치욕이요 뻔뻔한 모욕이며 무례였다.

나는 냄비 집게 천을 카미유 이모의 큰 가슴을 향해 던졌다. "그냥 도와주려는 거예요." 내가 말했고, 그 말 역시 틀렸다. 카미유 이모는 내가 그녀를 도와야 하는 것이 아니라 여전히 그녀가 나를 도와야 한다고 생각하기 때문이다. 어릴 적 카미유 이모는 여러 번 위험한 상황에서 나를 구했다. 나를 높은 나무에서 내려주었고—키가 워낙 커서 굳이 까치발을 들지 않아도 나를 나뭇가지에서 똑 따서 내려주었다—, 한 살 때 강으로 기어들어간 나를 물에서 끄집어내었으며, 세 살 때는 크게 짖으며 나를 향해 달려오던 로트바일러를 주먹으로 때려 눕혔다. 지금 나는 카미유 이모에게 그건 다 아주 옛날 일이라고 꾸짖을 수 있겠지만, 그것은 설득의 논리가 아니었다. 내가 보고 싶은 것은 정신이 가출하지 않고 모든 게 다 제자리에 있는 그런 시간 감각이기 때문이다.

이튿날 간병인이 처음으로 카미유 이모의 집 초인종을 누른 시각, 엄마와 나는 혹시 몰라 거기에 있었다. 우리는 간병인이 무사하지 못할까 봐 걱정했고, 카미유 이모가 주먹을 날려 간병인을 때려눕히기라도 하면 어쩌나 겁이 났다. 간병인은 카미유 이모와는 반대로 명랑하고 체구가 작았다.

"지그리트입니다. 안녕하세요. 마담 뒤부아."

"마드모아젤." 카미유 이모가 간병인이 마담이라고 한 것을 정정했다.

카미유 이모는 문에 딱 버티고 서서 단 1센티미터도 옆으로 비키지 않았다. 그러나 지그리트는 곧바로 숫양처럼 머리를 숙이고서 억지로 몸을 밀어 넣어 카미유 이모를 지나갔다. 그녀가 반대편으로 다시 나와서 살짝 헝클어진 모습으로 미소를 머금고 자세를 가다듬기까지는 약간의 시간이 걸렸다. 카미유 이모가 지그리트를 요리조리 살폈다. 그러고는 지그리트에게 물었다. "뭘 도와드릴까요?" 지그리트는 이상한 질문이라고 생각하지 않는 것 같았다.

"프랑스어 가르쳐주세요." 지그리트가 말했다.

"그거라면 내가 가르쳐줄 수 있지." 카미유 이모가 말했다. "오예!" 지그리트가 괴성을 지르며 손뼉을 쳤고, 카미유 이모의 손에 끌려 나무에서 내려오거나 강에서 올라온 어린 아이처럼 신이 나서 폴짝폴짝 뛰었다. 잠깐, 아주 잠깐이었지만 나는 지그리트의 정신이 제자리에 있는지 걱정이 되었다.

그래서 지금은 이렇다. 지그리트는 발을 땅에 붙이고 버티면서 카미유 이모를 침대에서 힘껏 들어 올리는 동안 프랑스어 동사를 활용한다. 냄비 집게 천에 붙은 불을 끄면서 프랑스어 과거완료에 대한 카미유 이모의 설명을 듣는다. 카미유 이모와 세단잠 사이로 몸을 던지면서 프랑스어 단어를 외운다. 카미유 이모는 매우 흡족해한다. 그건 척 보기만 해도 알 수 있다. "지그리트가 우리 집에 와서 다행이야. 도움이 절실한 사람인데." 이모가 말한다.

10종 경기 무릎

나는 정형외과 진료실 침대에 앉아 있다. 무릎에 주사를 맞으리라는 반갑지 않은 기대를 하면서. 원래 나를 진료하던 의사가 몇 년 전에 내 무릎 MRI를 찍고 나서는 이런 진단을 내렸다. "은퇴한 일흔 살 프로 운동선수 무릎이네요." 어쩌다 그렇게 되었는지 나는 도통 알 수가 없다. 그런 무릎은 살다 살다 처음이다. 그 후로 나는 무릎이 아플 때마다 정형외과에 가고, 그럼 의사는 얼른 주사기를 꺼내며 말한다. "숨을 크게 들이쉬고 좋은 걸 생각하세요." 그럴 때 내가 생각하는 좋은 것이 절대로 프로 스포츠는 아니다.

나를 봐주던 담당 의사가 병이 나서 처음 보는 의사에게 불려간다. 그 진료실의 침대 위에는 이렇게 적힌 시트지가 붙어 있다. "You are free to be what you want to be(당신은 되고 싶은 무엇이든 될 자유가 있다)." 저 말은 틀렸다고, 나는 생각한다. 나는 마흔일곱 살이다. 아무리 원하는 것이 될 자유가 있다고 해도 나는 절대 전직 프로 운동선수가 되지는 않을 것이다.

내가 바지를 내리자, 의사가 부은 내 무릎을 살펴본다. "문제가 있네요." 그가 말한다. "저도 압니다. 하지만 보통 주사 한 대 맞으면 다시 좋아져요." 내가 말한다.

정형외과 의사가 의미심장한 미소를 짓는다. 그러더니 이렇게 묻는다. "통증이 심리적 원인 때문일지 모른다는 생각은 안 해보셨나요?" 그 질문을 듣자 내 심장과 내 심리가 툭 떨어져, 내려놓은 바지 속으로 쭉 미끄러져 들어간다. 이 질문은 곧 통증 완화 주사가 저 멀리 날아갔다는 뜻이기 때문이다.

"네, 가끔." 나는 자그마하게 말한다.

"가끔." 의사가 내 말을 따라 하면서, 이를 매일 두 번이 아니라 '가끔'만 닦는다고 말한 사람 보듯 나를 쳐다본다.

심리가―특히 자극을 받을 때는―못 할 짓이 없다는 사실은 나도 잘 안다. 심리는 쉽사리 몸에다 엇길로 빠진 염증 부대를 배치할 수 있다. 심장의 리듬을 흐트러뜨리고, 때에 따라서는 아예 멈춰 세울 수도 있다. 이빨을 갈아버릴 수도, 위장을 녹여버릴 수도, 대장에 구멍을 낼 수도 있고, 부비강을 틀어막을 수도 있으며, 근육을 뭉치게 할 수도 있고 머리카락을 탈색시킬 수도 있다. 그러니 어디서 굴러먹던 개뼈다귀 무릎 정도 아작내는 것쯤은 식은 죽 먹기다. 그 점에서 나는 이 특이한 정형외과 의사의 의견에 전적으로 동의한다. 하지만 이 의사는 단 한 번의 상담으로 심리를 얌전하게 만들 수 있다고 믿는 것 같다.

"간혹 무릎에 문제가 있는 사람 중에서 인생의 흐름에 몸을 맡기지 못하는 경우가 있습니다. 그런 사람들은 특정 변화에 두려움을 느끼지요." 의사가 설명한다.

"아하." 나는 감탄사를 던지면서, 어쩐지 신문에 실린 별점 같다고 생각한다. 모두에게 들어맞는 그런 점괘 같은 것 말이다. (물병자리는 직업 관련 결정에 신중을 기하라. 전갈자리는 길 조심!) 맞다. 나는 인생의 강물에 몸을 맡기지 못할 때가 있다. 그렇다. 나는 특정 변화가 두렵다. 그리고 놀랍게도 죽음도 두렵다.

의사는 이제 정신위생과 신체인식 이야기를 꺼내고, 그의 이야기를 듣는 동안 나는 속으로 온갖 '한편으로는 이렇지만 또 한편으로는 저렇다'를 따지고 있다. 한편으로 나는 벌떡 일어서고 싶다. 벌써 내 눈앞에는 나중에 볼타렌*을 무릎에 잔뜩 처바른 채로 소파에 앉아서 친구에게 별 거지 같은 정형외과 의사를 다 봤다고 이야기하는 내 모습이 아른거린다. 하지만 또 한편으로는 내가 정신위생과 신체인식을 프로 스포츠만큼이나 정기적으로 챙기기 때문에 당황스럽다. 한편으로는 의사 앞에서 진짜 바지는 물론이고 심리 바지까지 내릴 마음은 티끌만큼도 없지만, 또 한편으로는 인간을 전체로 보지 않고 증상만 치료하는 의사를 아주 격하게 바라는 내가 창피스럽다. 그런 의사를 비난하는 목소리가 작지 않은데도 말이다.

의사는 내게 무릎을 느껴보라고 말한다. "그건 이미 온종일 하고 있습니다. 특별히 좋지가 않아요."

의사는 씩 웃으며 눈을 감고 느껴야 한다고 말한다. 왜

---

* 바르는 진통소염제.

많은 사람이 언제 어디서나 신체 부위를 쉽사리 느낄 수 있다고 생각하는지 나는 궁금하다. 만성적으로 씩 웃어대는 정형외과 의사가 옆에 있고 미심쩍은 시트지가 붙어 있는 곳에서도 그럴 수 있다고 생각하는지, 궁금하다. 신체인식에 수년간의 훈련이 필요치 않다는 듯이. 어떤 프로 운동선수도 시계공에게 "자, 시작하는 거야. 10종 경기를 해보자"라고 말하지 않는다.

나의 무릎 느끼기가 불가능한 이유는 더 있다. 내가 내내 이 의사의 내면에 혹시라도 주사의 가능성이 있는지 알아내기 위해 그를 느껴보려 애쓰는 중이기 때문이다.

"어때요?" 내가 다시 눈을 뜨자 그가 묻는다. 나는 대답한다. "좋아요. 그런데 사실 저는 주사 맞으러 왔거든요."

"주사는 피상적인 치료지요." 의사가 의미심장한 웃음을 던지며 말한다. 저 웃음과 의미심장함이 감당하기 벅차다. 나는 약간 못 미더운 투로 감사하다고 인사하고 아무것도 얻은 것 없는 빈털터리의 심정으로 다시 바지를 끌어올리고는 내가 큰 성과를 올렸다는 진단결과를 받아들고서 살짝 헝클어진 정신으로 절룩이며 진료실을 나왔고, 정형외과 문을 나서자마자 내 담당 의사에게 바로 전화를 건다. 담당 의사는 운동선수 비유가 당황스럽기는 해도 세상 제일의 의사이며, 다행히도 오늘 직접 전화를 받는다.

"무릎에 주사 놔줄 수 있을까요?" 내가 묻는다.

"오늘 병원 안 갔어요? 예약 잡혀 있었잖아요." 그가 되묻는다.

"갔는데요. 그분은 저의 정신을 손보시려고 하세요."

의사가 웃는다. 그리고 이렇게 말한다. "내가 예약 잡아볼 테니까 와요."

"정말 정말 감사합니다." 나는 감격해서 외친다. 예약이 잡힐 것이라는 희망은 둘 다에게 정말 좋다. 부어오른 무릎과 혼란스러운 정신, 둘 다에게.

도둑의 마음

우리 집 욕실 문은 나이가 백 살이 넘었고 나랑 함께 사는 동안 여러 번 상태가 좋지 않다는 신호를 보냈다. 그리고 하필이면 지금, 토요일 밤에 불어온 바람에 쾅 닫히더니 우리가, 친구 카티야와 내가 아무리 용을 써도 도통 열리지 않는다. 우리는 온갖 볼펜과 드라이버를 동원해서 별짓을 다 해보다가 결국 열쇠공을 부른다. "30분 안에 가겠습니다." 열쇠공이 쾌활한 목소리로 대답한다.

카티야도 나도 열쇠공을 불러본 적이 없다. 카티야가 어디서 읽었는데 열쇠공 중에는 예전에 도둑질하던 사람이 간

혹 있다더라고 말하면서 우리 집에 도둑이 아니라 연쇄살인
범이 올지도 모른다는 표정으로 나를 쳐다본다.

누군가 도둑 이야기를 꺼내면 나도 모르게 어린 시절이
떠오른다. 내가 초등학교에 가기 전에 우리 아버지는 교도
소 심리상담사로 일했다. 그래서 가끔 출소한 죄수가 잠시
우리 집에서 살다 가곤 했다. 그중 한 사람이 엘마르였다.
20대 중반이었던 그는 우리 집에서 2년을 살았다. 그는—
내 눈에는—키가 엄청나게 컸고 멀리트 머리*를 했으며, 바
짓단의 색이 바랜 초록색 나팔바지를 입었고, 에른테23 담
배 냄새를 지독하게 풍겼다. 그래서 그가 내 머리를 땋아주
면 내 머리카락에서도 그 냄새가 풍겨서 유치원 선생님이
나보다 더 괴로워했다.

나는 엘마르를 사랑했다. 그는 내게 신발 끈 매는 법과
코코아 젓는 법은 물론이고 알파벳도 가르쳐주었다. 그러니
까 사실상 내가 알아야 할 모든 것을 가르쳐준 셈이다. 엘마
르가 무슨 죄를 지었는지 나는 몰랐다. 아버지는 나중에야
그가 계속 상점에 들어가서 담배 자판기를 부수었는데, 너

---

* 앞머리, 옆머리 등 다른 부분은 짧게 자르게 뒷머리만 길게 남겨두는 헤어스타일.

무 자주 그러는 바람에 결국에는 1970년대 표현대로 쇠고랑을 찼다고 말씀해주셨다. 엘마르는 나중에 열쇠 가게를 열지 않고 쾰른 칼크에서 키오스크를 열었다.

이 모든 이야기를 카티야에게 해주자 그녀는 나를 미심쩍은 눈으로 쳐다보며 내가 엘마르 때문에 시대에 맞지 않게 경범죄 환경을 너무 아름답게 생각한다고 말한다. 그리고 마침내 초인종 소리가 울린다. 지금은 밤 한 시다.

"안녕하세요. 칼쇼이어라고 합니다." 열쇠 가게 남자가 우리에게 큰 소리로 인사한다. 그는 엘마르를 전혀 안 닮았고, 오히려 페터 한트케**와 페터 루스티히***를 섞어놓은 듯한 모습이었다. 그리고 마치 모든 수강생들이 관심에서가 아니라 시험 때문에 자신의 강의를 들으러 왔다는 사실을 아는 강사처럼 그의 명랑함에는 약간 절망적인 구석이 있다. 그는 가방을 들고 왔는데, 나중에 밝혀진 대로 상당한 심사숙고도 함께 가지고 온다.

칼쇼이어 씨가 욕실 문 앞에 무릎을 꿇고서 말한다. "보지 마세요." 자물쇠를 부술 때는 옆에서 쳐다보지 말아야 한

** Peter Handke. 독일의 작가.
*** Peter Lustig. 독일의 TV 진행자이자 어린이 책 작가.

다는 사실을 우리는 배운다. 그래야 나쁜 학습 효과가 생기지 않는다. 그래서 우리는 고개를 돌리고, 문은 아주 오랫동안 버틴다. 대화를 나누기에는 나는 너무 피곤하고, 카티야는 너무 긴장했다. 하지만 칼쇼이어 씨는 그렇지 않은 모양이다. "뭐 하시는 분이세요?" 그가 묻는다. 카티야가 대답을 하지 않아서 내가 말한다. "작가예요."

"아하." 그가 말한다. "그럼 역시나 문을 많이 따시겠군요." 나는 카티야를 쳐다본다. 그녀는 미소를 짓고 있다. 카티야의 의구심은 늘 한순간의 다정함으로 쉽게 딸 수 있었다. "독자의 마음으로 들어가는 문 말이에요." 우리가 비유를 이해했다는 확신이 들지 않는지 칼쇼이어 씨가 한마디 더 덧붙인다.

"친구분은 뭐 하세요?" 그가 묻는다. 카티야가 초등학교 교사라고 대답하자 칼쇼이어 씨는 진지하게 말한다. "역시 문을 많이 따시겠군요. 학생들 마음으로 들어가는 문 말이에요." 나는 그의 고객 중 하나가 직업을 묻는 그의 질문에 "구청 소속 주차단속요원입니다" 하고 대답해도 저 문 어쩌고 하는 말을 써먹을지 궁금하다. 제발 그러기를 바란다. 나아가 나는 정말 은유라고는 눈곱만큼도 모르는, 늙어 고집불통이 되어버린 욕실 문이 이제라도 그만 열리기를 기원한다. 우리는 욕실 문을 외면한 채로 열심히 함께 갈망한다.

마침내 문이 열리고, 그와 동시에 카티야의 마음으로 들어가는 문도 같이 열린다. 다시 욕실에 들어갈 수 있고 칼쇼이어 씨가 연쇄살인마가 아닌 것이 너무 좋아서 그녀는 손뼉을 친다. 그리고 내가 미처 말리기도 전에 칼쇼이어 씨에게 커피 한잔하고 가시라고 청한다. 우리는 부엌 식탁에 둘러앉고, 칼쇼이어 씨는 자신이 열었던 문과 심장 이야기를 들려주기 시작한다. 끝이 없다.

우리 중 한 사람만 열심히 들어주면 충분하다고 생각해서 나는 바지 주머니에서 스마트폰을 꺼낸다. "엘마르, 가을에 쾰른에서 볼까요? 문자 알림 소리 때문에 자다가 깨지 않았기를." 나는 문자를 전송한다.

"그 소리 때문에 깬 거 아니고 창가에 서서 담배 피우는 중이야. 나는 늙었고 따분해. 어떻게 지내?" 바로 답장이 온다.

나는 따분해하는 엘마르를, 쾰른 칼크의 원룸 창가에 서 있는 그를, 거기 서서 일흔이 다 되어가는 그를 눈앞에 그린다.

"오늘 욕실 문이 닫혀서 안 열렸어요. 문이 엘마르보다 나이가 좀 더 많거든요." 나는 이렇게 쓴다.

"이제 따분하지 않아." 엘마르가 곧바로 답장을 보낸다. "절대 열쇠 가게에 전화하지마. 거기 의심스러운 인간들이 많다는 소리를 들었어. 어떤 문인데? 사진 찍어 보낼래? 우리 같이 열 수 있을 거야. 장담해. 내가 방법을 가르쳐줄게. 문제없어. 소식줘서 반가웠어. 그럼 또 연락해."

나는 전화기에서 눈을 떼고 고개를 든다. 칼쇼이어 씨는 여전히 열었던 문 이야기를 하고 있고, 카티야는 피곤해서 눈을 껌뻑이면서도 열심히 듣고 있다. 나는 "다 해결했어요"라고 쳤다가 다시 지운다. 잠긴 욕실 문 덕분에 문이 열렸던 엘마르의 마음이 생각났기 때문이다.

"고마워요! 그래요. 방법을 일러줘요." 나는 이렇게 친다.

슈네피가 메르시라고 한다

2주 전에 마트에서 계산할 때는 줄이 보통 줄이었다. 사람들과 카트가 다닥다닥 붙어 있었고, 누군가가 일회용 장갑을 끼고 있었다면 나는 아마 이렇게 생각했을 것이다. 저딱한 인간 좀 봐. 틀림없이 박테리아 포비아일 거야. 줄을 서서 기다리는 동안 나는 다음 칼럼은 무슨 이야기를 쓸까 고민했다. 내 앞에 서 있던 여자가 자기 차례가 되자 큰소리로 계산원에게 줄이 너무 길고 속도도 느리다며 불평을 해대기 시작했다. 예의, 리고 나는 생각했다. 다음 칼럼은 예의에 대해 쓰기로 하자고 말이다.

2주가 지난 지금, 나는 또 마트 계산 줄에 서 있다. 듬성 듬성 이어진 줄이다. 우리는 적어도 쇼핑 카트 하나의 길이만큼 거리를 유지한 채 뚝 떨어져 서 있다. 일회용 장갑을 손에 낀 사람도 많고 줄 끝의 계산원은 투명판 뒤에 앉아 있다.

지난 2주 동안 고민해보자고 끊임없이 스스로를 채근하면서도 나는 예의에 대해 전혀 생각하지 못했다. 뒤집힌 일상에 적응하기 위해 할 일이 산더미였다. 일상이 뒤집히려면 먼저 그 일상이 갈기갈기 찢어져서 일상인지 아닌지 알아볼 수조차 없어야 한다. 그러면 일상은 구성성분들의 뒤죽박죽이 되고, 우리는 그 한가운데에서 이케아 조립설명서의 막대 인간처럼 하면 안 되는 일들을 알려주는 그림 위에 서 있다.

마트 줄은 길다. 이제는 예의에 대해 고민할 수 있겠다. 하지만 나는 예의 대신 내 앞에 선 남자를 어디서 봤더라 고민한다. 그는 슈네프 씨다. 별명이 슈네피인 그 슈네프 씨는 우리 건물 복도에서 스쳐 지나가며 몇 번 봤을 뿐이지만, 나는 그에 대해 상당히 많은 것을 알고 있다. 비제 여사한테 귀에 못이 박히도록 들었기 때문이다. 비제 여사는 슈네프 씨를 사랑하게 되어 지금 무척이나 행복하다. 슈네프 씨는

50대이고 성긴 회색 머리를 묶고 다닌다. 몸에서는 담배 냄새와 할인 판매하는 남성용 향수 냄새가 아주 독하게 풍긴다. 그리고 70년대 록 음악을 늘 조금 크게 틀어놓는데, 비제 여사가 눈을 반짝이며 말하길 노래를 들으면서 기타 연주하는 흉내를 기가 막히게 잘 낸단다.

좀 떨어진 내 자리에서도 쇼핑 카트를 잡은 슈네프 씨의 양손이 잘 보인다. 내 손과 마찬가지로 너무 씻어대는 바람에 빨갛고 갈라졌다.

'예의에 대해 생각하자.' 나는 마트 줄에 서서 마음을 다잡지만, 이내 엄청난 손 씻기 강박 때문에 괴로워하던 삼촌의 환자가 떠오른다. 마음의 폭군이 계속해서 손을 씻으라고, 그러면서 30까지 세라고 그에게 명령했다. 그러지 않으면 "뭔가 나쁜 일"이 일어날 것이라고 말이다. 그 마음의 폭군은 정말로 모호하게 협박했다. 나쁜 일이 뭔지 절대 구체적으로 말해주지 않았다. 그 환자는 지금 어떻게 살고 있을까 궁금하다. 마음의 폭군이 위압적인 태도로 자기가 옳다고, 뭐든 자기가 제일 잘 안다고 우기면 안심이 될까 아니면 무서울까, 그것도 궁금하다.

'이제는 진짜로 예의를 생각하자.' 나는 슈네프 씨 뒤에

서서 자신을 다독인다. '시작하는 거야.' 그러고는 '해피 버스데이'가 다시 예전처럼 생일축하 노래로만 쓰일지, 아니면 이제부터는 영원히 손 씻기 권장 시간을 재는 노래로 쓰일지 고민한다. 다시 생일을 맞이한 주인공에게 그 노래를 불러줄지, 아니면 이제부터는 그 노래가 영원히 "해피 버스데이, 전염 예방", "해피 버스데이. 무표정으로 노려보며 비누칠을 하고 숫자 세기", "해피 버스데이, 공포"의 의미가 될 것인지 말이다.

'예의를 생각하자.' 나는 생각한다. '하나, 둘, 셋.' 내 앞에 선 슈네프 씨가 팔오금에 입을 대고 기침을 한다. 분명 담배 때문에 터진 기침이다. 나는 슈네프 씨의 기도를 생각한다. 그 기도는 아마 오래전에 쇠약해졌을 것이라 생각한다. 지금처럼 기도를, 특히 연로하신 우리 친척들의 기도를 많이 생각해본 적이 없었다. 기도가 어떤 모습인지 나는 모른다. 늙은 우리 친척들이 폐 사진을 가슴 앞에 들고 서 있는 모습이 떠오른다. 나는 읽을 수 없는 사진, 낯선 행성의 풍경 사진 같은 사진을.

슈네프 씨가 이제 가림판 뒤에 앉은 계산원에게 도착했다. 예의를 생각하는 대신 나는 슈네프 씨의 갈라진 손을 쳐다본다. 그 손이 물건을 계산대에 올려놓는다. 콜라비, 돼지등심살, 큐브형 이스트(저건 비제 여사 것이라고 나는 생각한다. 비제 여사는 늘 이스트가 필요하다. 그래서 현관문에 서서 이스트가 있는지 물어볼 수 있었던 2주 전, 기분상으로는 벌써 한 몇 년은 지난 것 같은 그 시절에 그녀는 자주 이스트를 빌리러 우리 집에 왔다), 청소 솔, 키친타올, '메르시'* 초콜릿 한 박스. 계산원이 가림판 밑으로 손을 뻗어 물건의 바코드를 찍는다. 모든 일이 번거롭다. 계산원도, 슈네프 씨도, 여기 우리 모두가 가림판이 익숙하지 않기 때문이다.

슈네프 씨는 계산을 마친 후 메르시를 조심스럽게 가림판 밑으로 밀어 도로 계산원에게로 전한다. "이거 드세요." 슈네프 씨가 나지막하게 말한다. 그 말을 하는 그의 얼굴이 빨개진다. 그가 말을 입에 넣고 우물거린다. "여기 앉아서 계산하시니까요." 우리 모두 무슨 뜻인지 잘 안다. "수고하세요." 슈네프 씨가 당황해서 중얼거리며 얼른 달아나고 싶어 허둥대다가 하마터면 쇼핑 카트 속으로 빠질 뻔한다.

"잠깐만요." 계산원이 말하며 일어선다. 슈네프 씨 나이의

* 독일의 초콜릿 상표. 프랑스어로 "감사합니다"라는 뜻이다.

절반밖에 안 되어 보이는 젊은 남자다. "선물 감사합니다." 그가 힘주어 말한다. 악수는 상상도 할 수 없으므로 계산원은 보통 불교 승려들이 하는 행동을 한다. 가슴 앞에 양손을 포개어 합장하고는 살짝 절을 한다. 기타 치는 흉내를 기가 막히게 잘 내는 슈네프 씨도 똑같이 한다. 저게 예의구나, 나는 생각한다. 이제 내 차례다.

어제만 해도 있었다

조금 전에 엄마가 편지를 우체통에 넣어달라고 부탁을
했다. 그런데 막상 가보니 우체통이 감쪽같이 사라졌고, 심
지어 우체통이 거기 있었다는 흔적조차 남아 있지 않았다.
수십 년 동안 굳건하게 자리를 지키던 것이 갑자기 사라졌
을 때, 이런 당황의 순간을 표현하는 개념이 있는지 모르겠
다. 현실을 의심하며 '이럴 리가 없어'라고 생각하는 이런
순간, 이 잠깐의 당황스러운 현실과의 접촉 불량 말이다.

몇 초 동안 이상하다며 현실을 의심한 후 나는 혹시 몰라
서 나를 탓해본다. 어쩌면 다른 길로 잘못 접어들었는지 모

른다. 원래 우체통이 있던 길모퉁이가 아니었을지도 모른다. 하지만 그럴 가능성은 작다. 나는 우체통으로 가는 길을 눈감고도 찾아갈 수 있다. 우리 가족은 적어도 50년 전부터 모든 편지를 이 우체통에다 집어넣었다. 여기에다 출생신고서와 사망신고서를 넣었고 크리스마스 카드와 생일축하 카드, 지원서와 소견서, 계산서와 낱말퀴즈 정답, 예쁘게 꾸민 연애편지와 이별편지를 넣었다. 우체통은 수십 년 동안 세계로 들어가는 문이었다.

그래서 나는 여기에 항상 우체통이 있었다는 흔적조차 남지 않은 이 자리에서 어찌할 바를 모른 채로 서 있다가 다가오는 블롬 여사를 본다. 블롬 여사는 여든 살 정도로 여기서 정기적으로 호주에 사는 딸에게 편지를 보낸다. 블롬 여사가 갑자기 사라진 우체통 앞에 편지를 들고 서 있는 장면을 잠깐 상상하려니 그 모습이 어찌나 처량한지 나는 우체통이 있던 자리가 무슨 피가 낭자한 범행 현장이라도 되는 양 경고를 하기 위해 그녀에게로 달려간다. "블롬 여사님." 내가 말한다. "우체통이 없어졌어요. 안 보시는 게 나아요."

"말도 안 돼." 블롬 여사가 당황해서 말한다. "어제만 해도 있었어." 블롬 여사도 나와 마찬가지로 어떤 것이 어제 여기에 있었다는 사실을 오늘도 그것이 여기 있어야만 하는 근거 있는 논리라고 생각한다는 사실에 나는 감동을 먹는다. 블룸 여사는 일단 더는 말이 없다. 현실과 접촉 불량일 때면 누구나 말이 없어지기 때문이다.

우체부가 우리 쪽으로 걸어온다. 그가 배달 자전거를 아주 느리게 민다. 그 안에 경고장이랑 틀린 퀴즈 정답만 들어 있기라도 한 듯.

"이봐요. 우리 우체통 어디 있어요?" 나는 퉁명스럽게 묻는다.

"일단 안녕하세요? 흠, 보아하니 철거되었는데요." 우체부가 대답한다.

"말도 안 돼요." 나는 말한다.

"이미 철거한 것 같은데요." 그가 대답한다.

"이 우체통이 우리한테 어떤 의미인지 모르시는군요." 내가 항의하자 그가 말한다. "저한테 그러지 마세요. 제가 치운 것도 아니잖아요."

아쉽지만 그의 말은 옳다. 누군가 개인적인 문제로 우체통을 없앴다면 그나마 우체통의 실종을 조금 더 쉽게 받아들일 수 있겠다는 생각이 든다. 가령 누군가 성급하게 이별을 통보하는 편지를 넣었다가 후회가 막심해서 편지를 다시 꺼내려 애를 썼지만 실패하고, 솟구치는 절망감에 늦은 밤, 아마도 온 가족을 총동원해서 우체통 자체를 떼어버렸다면 말이다. 그건 충분히 이해할 수 있는 절망의 행동일 것이다. 아무 문제도 없는데 무작정 비열하게 철거한 경우보다 훨씬 더 이해가 간다.

"미리 알려줬어야죠. 설명도 없이 무작정 철거해버리고는 우체통이 처음부터 없었던 것처럼 행동하면 안 되죠."

"하지만 제가 그런 게 아니잖습니까." 우체부가 말한다. 그는 배달 자전거뿐 아니라 자기 마음에도 주로 경고장이랑 틀린 답만 들어 있는 사람 같아 보인다.

우리 셋은 우체통이 서 있던 자리 앞쪽의 작은 울타리를 바라본다. 아무것도 없었던 양 행동하는, 우체통이 여기 있던 그 모든 시간을 얼렁뚱땅 숨기려는 그 울타리를.

"우체통 문이 여닫힐 때 덜커덕 하던 소리가 기억나요." 나는 말한다. 중요한 문서를 집어넣을 때는 그 소리가 뭔가 해치웠다는 뿌듯한 심정에 깔리는 사운드트랙이었다. 최선의 경우 늦지 않게 제시간에 해치웠다는 더 뿌듯한 심정이 곁들여졌다.

"이 우체통 비우기 전에 투입구로 안을 들여다본 적 있어요?" 블롬 여사의 말문이 다시 트였다.

"아뇨." 우체부가 말한다. "저는 이 우체통을 몰랐어요. 새로 왔거든요. 사실 여기에 아는 사람도 거의 없어요."

"그 안에 든 편지들은 폭풍에 갇힌 어두운 바다 같아요." 블롬 여사가 말한다. "카스파르 다비트 프리드리히*의 〈빙해〉하고 약간 비슷해요. 난파선만 빼면요."

"그렇군요." 우체부가 말한다. 잠시 입을 다물었던 그가 다시 말을 시작한다. "게브가街에 우체통이 하나 있어요. 문도 있고 빙해도 있고요."

"블롬 여사가 가기에는 너무 멀어요." 내가 말한다. 블롬 여사는 걸음이 시원치 않아서 게브가는 여기서 호주로 바로 가는 것만큼이나 멀다.

우체부의 슬픈 얼굴이 환해진다. 뭔가 좋은 생각이 났기 때문이다. "제가 편지 가지고 댁에 갈 때 저한테 부칠 편지를 주시면 되잖아요." 그가 블롬 여사에게 말한다.

"언제 오실 줄 알고?"

---

* Caspar David Friedrich. 19세기 독일 풍경 화가로 독일 낭만주의 운동의 대표 화가.

"대충은 말씀드릴 수 있어요." 우체부가 말한다. 보아하니 그는 접촉 불량조차도 무척 반기는 것이 분명하다. 상대가 블롬 여사건, 그 누구건. "기쁠 거예요." 그가 속내를 털어놓는다. "누가 저를 기다린다면 개인적으로도 저는 정말 기쁠 겁니다. 물론 욕하려고 기다리는 게 아니라면요." 아까 그에게 불퉁거린 것이 나는 미안하다. "제 일도 쉽지는 않아서요." 그렇게 말하는 그의 목소리가 살짝 흔들린다. 블롬 여사와 나는 위로를 받으려다가 오히려 우체부를 위로한다. 하지만 누가 누구를 위로하건 그건 아무래도 좋다. 중요한 것은 우체통이 사라진 이곳에서 위로의 말 몇 마디가 오갔다는 사실이다.

소망이 이루어지면

우리 윈 가족은 1년에 한 번씩 서로를 완전히 속여먹는다. 나는 '만우절' 이벤트를 우리 가족만큼 진지하게 고민하는 사람들을 본 적이 없다. 우리는 몇 주 전부터 누구를 어떻게 속여 넘길지, 정말로 열심히 고민한다. 아무도 속지 않고, 아무에게도 속아 넘어가지 않는 만우절은 상상만 해도 너무 울적하다. 그렇게 되면 자신이나 가까운 친척들이 4월로 넘어오지 못한 채로 영원히 공허한 3월에 붙들려 있어야만 할 것 같다.

만우절 거짓말의 핵심은 정확히 그 사람에 맞추어 짠 아이디어로 상대의 심장을 아주 잠깐 덜컹 내려앉게 했다가 다시 안도하게 해주는 데 있다. 놀랍게도 우리 모두는, 엄마, 아버지, 남동생, 나 모두가 실제로 늘 거짓말에 걸려든다. 수십 년 동안 4월 1일에 무슨 일이 일어날지 알고 있기에 그날이 되면 의심의 눈초리를 곤두세우고 있는데도 말이다. 그건 아마도 기꺼이 속아 넘어가고픈 마음이 우리 모두에게 있기 때문일 것이다.

내가 베를린에서 어렵사리 운전면허를 땄을 무렵 (나는 아주 늦게 40대 초반에 면허를 땄다) 4월 1일에 남동생이 전화를 걸어 온갖 칭찬을 늘어놓으며 진심으로 축하 인사를 건넸다. 그러고는 지나가는 말처럼 베를린에서 딴 운전면허는 베를린과 브란덴부르크에서만 통하는 게 아쉽다는 말을 툭 던졌다. 나는 그 말을 곧이곧대로 믿고 화들짝 놀랐다가 곧이어 크게 안도하며 기뻐했다. 우리 아버지는 혼자 있는 것이 제일 좋은 사람이어서 꼭 필요한 때가 아니면 사람을 피한다. 그런 아버지에게, 올해 나는 이런 이야기를 전했다. 말이 정말로 많은 아버지의 동창 프란츠 아저씨를 만났는데 아버지에게 심리 상담을 받고 싶다고 하서서 즉흥적으로 아버지 집으로 오시라고 말해버렸다고. 프란츠 아저씨가 하룻밤 주무시고 가실 것이고 역시나 상담이 필요한 손자들을 데리고 오실 거라고. 아버지는 그 말을 믿고 잠시 깜짝 놀랐다가 곧이어 정말로 기뻐하셨다.

남동생과 내가 가까운 친척들의 10년 주기 생일에 정성껏 깜짝 이벤트를 준비하는 이유도 아마 만우절 거짓말이 너무 재미있기 때문일 것이다. 물론 그건 몹시 까다로운 작업이다. 엄마의 60세 생일에 우리는 깜짝 파티를 여는 실수를 저질렀다. 최악의 기습을 당했다는 기분에 엄마는 10년도 더 지난 지금까지도 그 일을 들먹이며 섭섭해하신다. 미리 치장할 수 없었으므로 머리도 못 감은 채로 잘 빼입은 축하객들을 향해 비틀비틀 걸어갔던 것이다. 우리는 그 실패를 통해 큰 교훈을 얻었다. 깜짝 이벤트는 반드시 씻지 않아도 괜찮은 소규모 인원일 때에만 해야 한다는 교훈 말이다.

덕분에 엄마의 70번째 생일에 우리는 무척 노련했다. 엄마는 젊을 때 승마를 정말로 좋아해서 늘 한번 더 말을 타고 싶다며 한숨을 쉬었다. 그래서 우리는 엄마가 좋아하는 바다 북해 해변에서 엄마에게 말을 태워드리기로 계획을 짰다. 기수가 말 두 마리를 데리고 해변을 따라오다가 엄마에게 말을 타달라고 부탁을 하는 시나리오였다.

품이 많이 드는 깜짝 이벤트를 순전히 이타심에 넘쳐서 계획하는 사람은 없다. 그런 이벤트는 놀라게 하는 사람에게도 설렘과 흥분을 안기는 법이다. 계획을 다 짜고 나자 남동생과 나는 카운트다운을 시작한 로켓 발사대를 보고 있는 기분이었다. 계획을 짜고, 계획이 어그러질까 노심초사하다가 마침내 어찌어찌 계획이 성공하면 환희가 휘몰아친다. 좋은 목적을 위해서는 나쁜 짓도 마다하지 않는다. 엄마가 몇 주 전에 전화로 물었다. "내 생일에 진짜 안 올 거니? 칠순인데." 나는 할 일이 너무너무 많아서 못 가니까 언제 날 잡아서 따로 파티하자고 무뚝뚝하게 대답했다.

아버지에겐 가짜 이유를 대서 엄마를 북해로 데리고 오라는 지령이 떨어졌다. 이날 누가 봐도 병색이 완연하던 아버지가 자살 시도를 한 적 있는 예전 환자가 "죽으려고 네덜란드로 돌아갔다"고 엄마에게 말했다. 그러고는 아버지가 따라가서 그를 구해야 하는데 혹시 모르니까 엄마도 같이 가서 구조할 때 옆에서 도와달라고 부탁했다. 부디 엄마가 아량을 베풀어주길 바라며 생일은 나중에 따로 날을 잡아서 축하하자고 말이다. 언제나처럼 우리 엄마는 아량을 베풀었고, 자살 시도를 한 환자 걱정에 가는 내내 마음을 졸였으며, 우리 아버지는 네덜란드에 도착할 때까지 열심히 온갖 자살 시나리오를 펼쳐보임으로써 이보다 더 뛰어날 수 없는 실력을 발휘하였다.

남동생과 나는 북해 해변에서 엄마를 기다렸다. 엄마는 무척 기뻐하셨는데, 이곳에서 아무도 자살을 생각하지 않았고 그저 모두가 땀을 엄청나게 흘렸다는 사실 때문에도 무척 좋아하셨다. 남동생은 8월의 한더위에 몇 시간 동안이나 엄마가 신을 승마용 장화를 배낭에 넣고 다니느라 땀에 흠뻑 젖었고 나는 말이 안 올까봐 걱정하느라 땀을 한 바가지 흘렸다. 하지만 말은 등장했고 그림처럼 해변을 따라 질주하였다.

엄마는 심장이 쿵 떨어졌다. 소원이 이루어졌을 때 사람들은 늘 충격을 받기 때문이다. 나도 잠깐 심장이 내려앉았는데, 갑자기 우리가 잘못한 것이 아닌가 하는 생각이 들었기 때문이다. 연로하신 엄마가 할 수 없는 일을 골라서 괜히 소망을 이루어준 척만 한 것이 아닌가 싶었던 것이다. 일흔에 말에 오르기란 쉬운 일이 아닐 테니 말이다. 그러나 엄마는 장화를 신었고 우리는 힘을 모아 엄마를 밀어 말 위로 올렸다. 그리고 엄마는 큰 소리로 환호성을 지르면서 별일 아니라는 듯 노을 속으로 질주하였다. 그 노을은 아마 남동생이 섭외했을 것이다.

내일은 고모의 85번째 생신이다. "내 생일에 올 거니?" 지난주에 고모가 물었다. "죄송하지만 못 가요. 할 일이 정말 너무너무 많아서요. 다음에 날 잡아서 축하해요." 나는 그렇게 대답했다.

나는 내일을 고대한다. 멋진 파티가 될 것이다.

누가 오이대왕의 입에 재갈을 물릴까?

　나는 이웃집 비제 여사가 걱정되어 찾고 있다. 비제 여사는 힘든 결정을 앞에 두고 서 있다. 사실 엄밀히 말하면, 서 있다기보다는 힘이 빠져 그 앞에 드러누워 있다는 말이 옳다. 비제 여사가 그 결정 이야기를 너무너무 많이 하고, 찬반의 이유를 너무너무 자주 열거하다 보니, 이제는 나도 진짜 문제가 무엇인지조차 헷갈린다. (직장 탓에 다른 도시로 이사를 해야 하는 뭐 그런 문제였다). 게다가 찬반의 이유는 늘어놓다 보면 이내 찬성의 이유는 날아가고 반대의 이유만 남는다. 결정하는 일이 너무 커져서 그 뒤편에 숨은 계기가 실종

되고 마는 것이다.

비제 여사는 지하 보일러실에 틀어박혀 있다. 원래 나는 이곳을 참 좋아한다. 부글부글 끓는 소리, 번쩍이는 불빛, 수많은 보일러 관과 등불이 1980년대 영화에 나오는 그 미치광이 교수들의 실험실과 닮았기 때문이다. 하지만 지금은 보일러실이 끔찍한 장소다. 거미줄 가득한 보일러 배관 아래에 웅크리고 앉은 비제 여사의 안색이 좋지 않기 때문이다. "결정을 못 내리겠어요." 그녀가 말한다. 나는 그녀 옆, 먼지 자욱한 바닥에 엉덩이를 깔고 앉는다.

결정을 내리려면 찬반 이유의 목록을 작성하던가, 친구에게나 자기 직감에게 물어보거나, 충분히 고민하면 된다. 비제 여사는 그 무엇도 할 수가 없다. 그녀는 자동차 불빛을 노려보는 노루처럼 꼼짝도 하지 않고 결정을 노려본다. 비제 여사가 결정을 손안에 쥐고 있는 것이 아니라 결정이 비제 여사를 쥐고 있는 꼴이다.

여기 보일러 배관 아래에 앉아 있으려니 결정이 독자적인 존재인 양 느껴진다. 비제 여사에게 그 말을 하니, 그녀는 내게 크리스티네 뇌슬틀링거의 소설*에 나오는 오이대왕을 아느냐고 묻는다. 물론 나는 잘 안다. 커서는 한 번도 생각해본 적 없지만, 비제 여사의 말을 듣자 당장 그 모습이 떠오른다. 오이대왕은 키가 무릎 높이만 한 오이 모양의 못생긴 폭군으로 심술에 푹 절여졌다. "결정이 꼭 오이대왕처럼 생겼어요." 비제 여사가 말한다. 식초 냄새 풀풀 풍기는 눈엣가시 같은 이 결정이 뻔뻔하게 앉아서 흡족한 듯 입맛을 쩝쩝 다시면서 비제 여사의 확신과 판단력을 뭉그러뜨린다. 결정은 비제 여사가 내놓은 두 가지 선택 사이에 쪼그리고 앉아서 두 선택 모두에게 불행의 역청을 들이붓는다. 그래서 둘 다 끔찍한 꼴이고 둘 다 곧장 '폭망'의 지름길이라고, 지친 비제 여사는 생각한다.

"당연히 어리석은 생각이고 히스테리지요." 비제 여사가 말한다. 오이대왕이 어쨌거나 그녀에게 자책의 능력은 남겨두었기에 비제 여사는 스웨터에 묻은 거미줄을 뜯어내며 말한다. "다른 사람들은 이보다 훨씬 더 힘든 결정도 내려야 하니까요." 우리 눈앞에는 충분히 고민한 끝에 고백을 하기로 혹은 위임을 하기로, 결혼을 끝내기로, 기계를 멈춰 세우기로 결정한 사람들만 떠오른다. "그런데 나는 이 하찮은 결

---

* 오스트리아 작가 크리스티네 뇌스틀링거Christine Nöstlinger가 쓴 『오이대왕Wir pfeifen auf den Gurkenkönig』을 말한다. 국내에도 같은 제목으로 번역, 출간되었다.

정 하나도 맞힐 수가 없어요." 비제 여사가 말한다. 결정은 맞은 척만 하는 것 같다. 비제 여사가 손을 부들부들 떨면서 명중률 낮은 엽총으로 겨냥할 때마다 결정은 비웃으며 요리조리 잘도 피한다.

"충분한 고민이란 어떤 걸 말하는 걸까요?" 비제 여사가 묻는다. 역시나 그사이 불행의 역청을 잔뜩 뒤집어쓴 나는 말한다. "잘 모르겠어요. 찬반 이유 목록?" 그 말을 하는 내 귀에 벌써 비제 여사의 오이대왕이 정신없이 웃어대는 웃음소리가 왕왕 울린다.

비제 여사를 보고 있으면, 내가 허리가 아파서 힘들었던 때가 떠오른다. 그때 나는 최대한 움직이지 않으려고 애를 썼다. 어떤 동작도 잘못일 수 있기 때문이었다. "어떻게든 움직여야 해요. 계획이 필요해요." 나는 조용히 말한다.

"계획은 만사가 저절로 해결될 때까지 여기 죽치고 앉아 있는 거예요." 비제 여사가 말한다. 그 말을 하는 그녀의 표정이 너무도 슬퍼서 도저히 그냥 보고 있기가 힘들다. "언젠가는 결정이 사라지겠죠. 결정이 도망칠 거예요. 그럼 무슨 일이든 일어나겠죠." 그녀가 말한다. 나는 우리 집안의 심리학자들을 생각한다. 지금 이 비루먹은 지하실로 그들을 급히 불러오고 싶어서 나는 그들이 물어봄 직한 질문을 던진다. "그럼 기분이 어떨 것 같아요. 만사 절로 해결이 되면?"

"좋지 않겠죠." 비제 여사가 말한다. "최소 5자리 숫자의 엄청난 과태료가 나도 모르는 사이 통장에서 빠져나간 기분과 약간 비슷할 거예요."

나는 온갖 생각에 골몰하는 비제 여사의 머리를 쓰다듬는다. 그녀가 피곤한 표정으로 나를 보더니 웃으며 묻는다. "혹시 진정제 있어요?"

몇 달 전 비제 여사와 나는 이 (의사들도 그렇게 부른다는) '괜찮아' 알약의 위험한 은총을 주제로 이야기를 나눈 적이 있다. 그 알약은 잠글 수 있는 의사 전용 약장에 들어 있고 통증을 동반하는 검사를 하기 전에 처방한다. 이름만 들어도 알 수 있듯 괜찮아 알약은 이글거리는 생각과 과잉행동 병조림 채소를 한 방에 무찔러버리기에, 잠시나마 그동안 한 번도 할 수 있다 믿은 적 없는 모든 일이 껌처럼 쉽게 느껴진다. 그래서 약효가 있을 때는 전문적인 결정까지도 내릴 수 있을 것 같다. 다만 그런 약을 먹고 나면 평소보다 훨씬 더 생각이 꼬리에 꼬리를 물고 이어지고, 애먼 곳으로 가지에 가지를 뻗어나간다는 점이 문제이기는 하지만 말이다.

비제 여사에게는 진정제가 아니라 전문가가 필요하다. 그것도 시급하게 필요하다. 그녀와 함께 미치광이 교수들이 연구하는 그녀의 내면 지하 보일러실로 내려가줄 사람이 필요하다. 오이대왕에게 재갈을 물릴 사람(나라면 나중에는 그와 친구가 되도록 도와주겠지만, 일단은 나도 안전을 위해 재갈을 택할 것이다), 비제 여사를 생각의 덤불에서 꺼내줄 사람, 믿음이 가지 않는 자동이체를 해지할 사람, 선택지에서 불행의 역청을 긁어낼 사람이 필요하다.

하지만 우리가 여기 앉아 있는 동안에는 아무도 나타나지 않는다.

공경하는 늙은 북슬이 에디

나는 오랫동안 강아지를 원했다. 그리고 3년 전에 한 마리를 입양했다. 이름이 에디이고, 키가 내 무릎 높이이며 다정한 성격에 털이 덥수룩한 녀석이다.

사육사한테로 에디를 데리러 갔을 때—사전면담에서 그는 에디와 내가 "서로 잘 맞는다"고 판단했다—녀석은 신이 나서 나한테로 달려오지 않고 의자 밑으로 기어들어갔다. 그 순간 나 역시 우리가 잘 맞는다고 생각했다. 나 역시 신이 나서 녀석에게 달려가지 않았고, 나 역시—이유는 달랐지만—의자 밑으로 기어들어가고 싶었으니까. 강아지를 키우고 싶다는 바람은 늘 마음에 품고 산 진심이었지만 그 순간 문득 '키우지 말자'는 생각이 들었고, 지금까지도 나는 그것이 내면의 목소리가 던진 경고였는지 아니면 큰 소망이 이루어질 것 같을 때마다 느끼는 불안감이었는지 확실히 알지 못한다.

나는 에디가 정말로 괜찮은 녀석이라고 생각한다. 하지만 강아지 놀이터에서 다른 견주들이 자기 강아지에 대한 뜨거운 사랑을 고백하고, 그 동물이 없는 삶은 상상조차 할 수 없다고 말할 때면, 늘 나는 그들 말이 통 이해되지 않는데도 이해한 척 고개를 주억대며 어색한 미소를 지을 뿐이다.

오늘 에디와 나는 동물병원 대기실에 앉아 있다. 에디에게 예방 접종을 시키려는 참이다. 수의사는 실로 대단한 사람이다. 덩치가 어마어마한 데다 치료에 몸을 적극적으로 투입하므로, 나는 그녀를 볼 때마다 늘 놀란다. 마술이라 불러도 과언이 아닐 것 같다. 그녀가 동물한테로 몸을 굽히는 차원을 넘어서 아예 동물이 그녀의 몸 밑으로 들어가서 사라져버리기 때문이다. 동굴이 수두룩한 그녀의 상체 어딘가로 동물이 들어가 파묻혔다가 치료를 마치고서는 신이 나서

도로 튀어나온다. 그래서 그녀의 몸 어딘가 깊이 팬 주름 틈새에는 치료가 끝나고서도 길을 잃어버린 작은 동물들이 살고 있지 않을까, 나는 참 궁금하다.

몇 달 전에 에디가 신나게 놀다가 다쳤는데 그 상처가 곪았다. 에디는 허리를 굽힌 수의사의 몸 밑으로 사라졌고, 농양에서 흘러나온 피와 고름이 실제로 에디에게서 나온 건지, 아니면 수의사에게서 나온 건지 분간하기 어려울 지경이었다.

우리가 기다리는 동안 옆자리에 앉은 숙녀가 자기는 자기가 키우는 닥스훈트가 없는 삶은 상상도 할 수 없다고 이야기한다. 나는 고개를 주억이고 허허 웃으며 에디의 털을 쓰다듬는다. 우리 아들은 에디의 털이 낙타 색깔이라고 말한다. 내 보기에 에디의 털 색깔은 흡연자가 있는 집에 오랜 세월 굴러다니던 봉제 인형의 털 색깔과 비슷하다.

우리 차례가 되자 의사가 에디를 주사기와 함께 자기 몸 밑으로 밀어 넣는다. "잘 지내시죠?" 치료를 하면서 그녀가 내게 묻는다. 문 뒤편에서 대기실의 그 숙녀가 자기 닥스훈트에게 우쭈쭈쭈 사랑의 말들을 알랑대고 있다. 나는 에디가 없어도 찬란하고 멋진 삶을 상상할 수 있으므로 나도 모르게 입에서 이런 말이 툭 튀어나온다. "제가 이 아이에게 충분한 사랑을 주지 못하는 거 같아요."

에디를 파묻고 있던 의사가 고개를 들어 이해할 수 없다는 표정으로 나를 쳐다본다. "뭐가, 충분하지 않아요?" 그녀가 묻는다.

"더 많은 사랑을 줘야 하는데 못 그런다고요." 내가 대답한다.

"더, 뭐를요?" 의사가 묻는다.

내 눈앞에 아른거리는 것은 혼란스러운 '더 많은' 사랑이다. 새해가 될 때마다 계획하는 똑같은 불특정의 '더'이다. '운동을 더 하자', '더 낙관적으로 살자', '더 초연하자.' 나는 양심의 가책을 느낀다. 내 사랑의 양이 불충분해서 에디의 영혼이 곪을까 봐 걱정이다.

에디의 엉덩이가 의사의 위팔 밑으로 빠져나온다. 그녀가 에디를 다시 밀어 넣는다. "제가 보기에는 강아지가 더할 나위 없이 만족하는데요. 강아지하고 하루 일과가 어떻게 되나요?"

에디와 나는 매일 강아지 운동장을 지나 산책을 한다. 내가 막대기를 던지면 에디가 물고 돌아온다. 내가 일을 할 때 에디는 책상 밑에 누워 있고, 나는 두 발을 에디의 등 밑으로 밀어 넣는다. 그것 말고는 크게 스킨십을 하지는 않는다. 가끔 그럴 의도로 노력을 해보지만, 5분만 지나면 우리 둘 다 만장일치로 포기하고 만다. 가끔 나는 에디에게 질문을 던진다. 일상적인 문제이건 관념적인 문제이건. 현관 열쇠가 어디 갔는지, 시간이 어디로 갔는지. 그러고 나면 나는 늘 에디가 "흥미로운 질문이네요. 하지만 안타깝게도 나는 말을 할 줄 몰라요"라고 말해주기를 기다린다.

"듣기 좋네요." 의사가 말한다.

그녀가 완벽해진 에디를 겨드랑이 밑에서 뿅 꺼내고는 일어선다. 에디는 신이 나서 의사 주변을 껑충껑충 뛰어다닌다. "잘했어. 늙은 북슬이." 그녀가 말하며 에디의 머리를 쓰다듬는다.

문지방에서 의사가 거대한 손을 내 어깨에 얹는다. "어떤 귀신이 주문을 걸어서 에디가 그 집으로 가게 된 것이 아니에요." 그녀가 말한다. "그냥 에디가 거기 있었기 때문이죠." 그러더니 우리가 거의 문밖으로 나왔을 무렵에 나를 향해 이렇게 큰 소리로 외친다. 너무 커서 닥스훈트 주인도 들을 수밖에 없다. "물론 고속도로 휴게소에 강아지를 갖다버릴 수도 있어요. 그것도 늘 한 가지 방법이죠."

닥스훈트 숙녀가 놀라 흠칫한다. 의사는 지진이라도 일으킬 수 있을 만큼 호탕한 웃음을 터트린다.

에디와 나는 강아지 운동장으로 간다. 그곳에서도 강아지 없이는 상상도 못하는 삶의 이야기가 여러 목소리로 들린다. 나는 잠시 그 이야기들 틈으로 '고속도로 휴게소'라는 단어를 외치는 상상을 해본다. 에디는 내게 막대기를 물어오고, 내가 던지자 에디가 도로 가져온다. 문득 그런 생각이 든다. 에디와 내가 대화를 할 수 있다면 우리는 아마 존칭을 쓸 것이라고. 그러나 그가 지금 여기에 있고, 우리는 그저 존재기만 해도 서로의 운명이 되기에 충분하므로, 이제는 다음 걸음을 내디딜 시간이다. "에디, 늙은 북슬이님!" 나는 말한다. "말을 놔도 될까요?" 그와 동시에 나는 막대기를 높이 던진다. 에디가 쏜살같이 달려갔다 다시 쏜살같이 돌아온다. 에디는 이 쏜살같은 왕복 달리기가 없는 삶을 도무지 상상할 수 없을 것이다.

절대 나지 않을 것 같은 초상

울리히 삼촌과 나는 우리가 좋아하는 카페의 테라스에 계획보다 훨씬 오랫동안 앉아 있다. 언제나 그랬듯 나는 라즈베리 생크림 케이크 두 조각을 시켰다. 얼마 전까지만 해도 라즈베리 생크림 케이크를 위해서라면 목숨도 아깝지 않다고 주장하던 울리히 삼촌은 오늘 따라 케이크에 손도 대지 않는다. "케이크는 몸에 해로워." 삼촌은 그렇게 말하며 녹차만 마셨다. 그래서 내가 케이크 두 조각을 다 먹어치우고, 일찌감치 계산도 끝마치고 탁자도 지웠건만 울리히 삼촌은 일어설 생각이 없다. 집에서 엘리 숙모가 삼촌을 기다리고 있는데, 엘리 숙모가 몇 주 전부터 삼촌의 장례식을 트집 잡아 삼촌을 괴롭히기 때문이다.

울리히 삼촌은 여든이 가까웠고, 엘리 숙모는 이제 흔히 말하는 마지막을 준비할 때가 되었다고 생각한다. 몇 주 전 숙모가 말했다. "생각을 해봐. 다가올 일을 준비해야지."

"그런 건 지금 여기를 살지 않는 좀스러운 사람들이나 할 짓이고. 나는 오롯이 지금 여기를 사는 사람이야." 울리히 삼촌이 대답했다. 그러나 엘리 숙모는 삼촌이 장래의 유족에게 닥칠 장래의 지금 여기도 염려해야 마땅하며, 삼촌이 그 영원한 '지금 여기' 뒤로 비겁하게 숨는다고 비난했다. 손으로 얼굴을 가리면 아무도 자기를 못 본다고 믿는 아이들처럼 '지금 여기'로 자기 얼굴을 가리고 있다고 말이다. 그리고 아무리 그래 봤자 세월은 당연히 울리히 삼촌을 이미 보았노라는 말도 잊지 않고 덧붙였다.

실용적인 엘리 숙모는 거침없이 나서서 솔선수범했다. 자신이 죽으면 어떻게 할지를 조목조목 기록한 것이다. 어떤 장례지도사에게 전화를 걸지(가성비 좋은 장례지도사), 어떤 음악을 틀지(《섬웨어 오버 더 레인보이Somewhere over the rainbow》*), 중요한 문서는 어디에 있는지(TV 하부장 등등

……). 그러고는 자기 소망을 적은 그 종이를 냉장고에 딱 붙여두었다. 이제 그 종이는 손자의 색연필 그림과 테이크아웃 중국집 전단지 사이에 걸려 있다.

나는 그것이 정말 엘리 숙모다운 행동이라고 생각한다. 하지만 숙모가 종이를 하필이면 거기에다 붙여둔 것은 울리히 삼촌을 괴롭히려는 목적이 아닌가 의심이 든다. "요구르트를 꺼낼 때마다 엘리가 화장을 원한다는 걸 읽어야 한다니까." 울리히 삼촌이 그렇게 말하며 오싹 한기가 드는지 몸을 떤다.

엘리 숙모는 고집을 꺾지 않고, 삼촌의 마음을 특별히 신경 써주지도 않는다. 그렇게 일일이 다 신경 써주다가는 울리히 삼촌의 마지막을 정리하지 못할 것이기 때문이다. 얼마 전에는 숙모와 삼촌이 에데카네 집에 놀러 갔는데 라디오에서 로드 스튜어드의 〈세일링 Sailing〉이 흘러나오자 엘리 숙모가 밝은 표정으로 삼촌의 장례식에 저 음악이 어울릴 것 같다고 제안했다. 삼촌이 형 프란츠를 만나러 갈 때도, 숙모는 삼촌더러 형에게 부탁해 장례식 추도사를 몇 마디 해줄

* 영화 〈오즈의 마법사〉의 대표 삽입곡.

수 없는지 물어보라고 넌지시 권했다.

"물어보니 뭐라고 하시던가요?" 나는 한기로 떠는 삼촌에게 물었다. "아마 자기는 이미 땅에 들어가 있어서 시간이 없을 거라고 하더라." 울리히 삼촌이 말하며 잠깐 미소를 짓고는 다시 우울한 표정으로 돌아간다. 울리히 삼촌은 얼마 전에 금발로 변신한 머리카락을 쓸어 넘긴다. 지금 삼촌은 정말 정말 늙은 하워드 카펜데일* 같다. 젊은 머리카락을 늙은 얼굴 위에 얹고 다니는데, 머리카락이 칠면조같이 쭈글쭈글한 목까지 이어진다. 우리 가족은 나이가 들면 하나같이 목의 피부가 늘어나서 부드럽게 출렁인다. 내 목도 벌써 그렇다.

울리히 삼촌은 여태 나이를 무시하고 '지금 여기'를 핑계로 들이밀었는데, 얼마 전부터는 노화 방지에 팔을 걷어붙이고 나섰다. 온갖 안티에이징 크림을 사고 젊음의 샘물이라고 우기는 각종 다이어트를 시도한다. 그중 하나가 푸른 잎채소만 먹는 것이다. 엘리 숙모가 깜짝 놀라 외쳤다. "당신 환자들이 예전 심리상담사가 정원에 앉아서 잔디 뜯어먹

---

* Howard Carpendale. 남아프리카 출신의 독일 가수. 1970~80년대 독일에서 큰 사랑을 받았다.

고 있는 걸 보면 뭐라고 생각하겠어?"

　나는 울리히 삼촌의 거부감을 충분히 이해할 수 있다. 작년에 그런 장례식 목록을 엄마랑 같이 만들었다. 엄마가 먼저 제안을 했는데, 엄마는 예상보다 훨씬 솔직하고 태연했다. 나는 엄마 말을 귀 기울여 듣고서 모든 내용을 기록했지만, 그러는 내내 엄마의 초상은 절대 치를 일 없을 거라고 억지로 내 마음을 다독였다. 우리는 지금 전혀 얼토당토않은 일을 대비하여 보험을 들고 있는 것이라고, 가령 칠면조 전염병으로 발생한 손실처럼 절대 일어나지 않을 일을 대비하여 보험을 드는 것이라고 말이다.

　"있잖아." 삼촌이 말한다. "프란츠가 못 올지 모르니까 네가 몇 마디 해주면 어떠냐고 엘리가 묻더라. 일이 생기면. 그러니까 너도 알겠지만 나한테 일이 있으면 말이야. 엘리가 물어보래." 삼촌은 혹시 몰라 그 말을 덧붙인다.

　울리히 삼촌이 예전에 상담사로 일할 때 아내가 권해서 치료를 시작하려는 환자들은 받지 않고 돌려보낸 생각이 나도 모르게 떠오른다.

　"네, 그러죠." 내가 말한다.

　"알았다." 울리히 삼촌이 말한다.

그러고 나자 우리 사이에 한 번도 없었던 침묵이 퍼져나간다. 우리는 그 침묵을 또 다른 말로 해결해보려는 노력을 아예 하지 않는다. 그것은 제가 알아서 언제 끝날지를 결정하는 침묵이요, 고집불통 침묵이다. 어떤 것이 정확히 언제 기억날지 미리 아는 경우는 드물지만, 이번에는 내가 이 침묵을 어느 불행한 날에 떠올릴지 너무도 정확히 알고 있다. 치운 지 오래인 식탁 앞에서 일어나는 이 지금 여기를 말이다.

그래서는 안 된다. "삼촌." 침묵이 완전히 사그라들자 내가 말한다. "뭐 더 시켜요."

세계적인 대기줄

인터넷이 안 된다. 그래서 통신사 서비스센터에 전화를 건다. 바로 전화를 받는다. 나는 경험에서 교훈을 얻는 인간이 아니므로, 놀라운 일이라고 생각하여 전화선 건너편의 여성에게 그녀가 금방 전화를 받았다는 사실에 찬사를 퍼붓는다. "평소엔 일단 대기를 타야 하잖아요."

"뭘 도와드릴까요?" 그녀가 묻는다. 내가 사정 설명을 하자 그녀가 말한다. "담당 기사님께로 전화 연결해드리겠습니다."

그 말과 함께 나는 이미 대기줄로 밀려들어간다. 아이

고, 멍청아! 서비스센터의 첫 통화는 고객을 대기줄로 옮기는 이동식 크레인 팔에 불과하며, 그다음에는 한없이 줄을 따라갈 수밖에 없다는 사실을 또 까먹었다. 〈엘리제를 위하여〉가 돌아간다. 당연히. 20분 동안 〈엘리제를 위하여〉가 울린 후—그사이 내 시선은 텅 비고 내 표정은 탈선한다—음악이 멎자 당장 정신이 번쩍 든다.

기사가 등장한다. 그가 말한다. "연결이 되는지 점검해보겠습니다." 파이프 청소기로 좁은 관을 쑤시는 것 같은 소리가 들린다. "연결이 아니라 고객님 댁의 공유기가 문제일 수도 있습니다." 기사가 질책이 없지는 않은 목소리로 말한다. 내게 주어지는 죄책감이라면 언제라도 받아들일 만반의 태세가 되어 있는 나는 내 공유기 기종이 적합하지 않은 건지 궁금해진다. 기사는 슈퍼컴퓨터만큼이나 비싼 새 공유기를 권한다. "하지만 그 전에 제가 한 번 더 점검해보겠습니다. 잠깐만 기다려주세요." 그가 말한다. 어느덧 엘리제 포비아에 걸린 나는 그새를 못 참고 애걸한다. "빨리 돌아오세요." 기사는 바다에 처박혀 있고 나는 사랑과 불안 속에서 물가에 홀로 남겨지기라도 한 듯 내 목소리에서 약간 삑사리가 난다.

"네에." 기사가 대답한다.

다시 〈엘리제를 위하여〉와 나만 남는다. 나 말고는 집에 아무도 없어서, 엘리제만 없다면 너무도 고요할 것 같다.

얼마 전에 뺑쟁이 울리히 삼촌이 자기는 평생 뭘 기다려본 기억이 없다고 자랑을 늘어놓았다. 가령 환자가 늦게 와도 늘 그 시간을 의미 있게 보낼 줄 알았지, 하릴없이 죽치고 앉아 기다리기만 한 적은 없었노라고 말이다. 울리히 삼촌이 한번은 타이어 펑크가 나서 수리기사를 기다린 적이 있었는데, 그때도 고속도로 갓길에서 잠깐 노트북을 켜서는 심리상담 소견서를 작성했다. (물론 울리히 삼촌이 환자나 기사를 기다리면서 내내 〈엘리제를 위하여〉를 듣고 있었다고는 생각하지 않는다.)

나는 기다리는 시간에는 기다리는 것 말고는 아무것도 못 한다고 말하자 울리히 삼촌은 내가 너무 타인에게 목을 매며, 그렇게 되면 목을 매던 사람이 아예 나타나지 않아서 기다리기만 해야 할 때는 특히나 더 삶의 흐름이 막혀버린다고 주장했다. 그러고는 다시—이제부터는 시계를 맞추어도 된다—예의 그 '지금 여기'를 읊기 시작했다. 기대에 부풀어 까치발을 하고서 '지금 여기'의 저 너머를 보려 애쓰면 지금 여기에 몰두하지 못한다고 말이다.

실제로 나는 지금 너무나 목을 매고 있다. 그러니까 아직 다시 나타나지 않는 기사에게 애타게 목을 맨다.

〈엘리제를 위하여〉가 멈춘다. "들리세요?" 기사가 묻는다. 나는 내게로 헤엄쳐 돌아온 기사가 조금 전과 같은 사람이어서, 덕분에 나의 슬픈 사연을 처음부터 다시 들려주지 않아도 되어서 너무나 감사하다. "공유기 문제가 아니고요. 기술적인 문제입니다. 한 번 더 점검이 필요해서요. 잠깐만 기다려주세요." 그사이 나는 엄청난 엘리제 공황에 걸렸으므로 조금이나마 첫 음을 늦추고 싶고, 기사를 조금이라도 더 붙들어두고 싶다. 그래서 묻는다. "베토벤을 어떻게 생각하세요?"

잠깐 말이 없다. 그러더니 기사가 대답한다. "베토벤은 세계적인 작곡가죠." 진짜 궁금해서 던진 질문은 아니었노라고 미처 말하기도 전에 다시 〈엘리제를 위하여〉가 귓전을 때린다.

나는 기다리지 않으려고 애쓴다. 엘리제를 위하여 몇 가지 등 운동을 한다. 〈엘리제를 위하여〉를 실내 식물에게 들려준다. 식물은 클래식 음악을 들려주면 엄청 잘 자란다고

들 하니까. 하지만 매번 다시 "따라라라 라라 라라라"가 시작될 때마다 식물이 더 시들시들해지는 것 같다. 나는 부엌으로 간다. 양념 병을 알파벳 순서대로 정리한다. 베토벤이 이 곡을 바쳤다는 엘리제는 〈엘리제를 위하여〉를 어떻게 생각했으며 그녀가 나보다 더 자주 이 곡을 들었는지 궁금하다. 사실 엘리제가 누구인지는 아무도 정확히 모르며, 엘리자베트 뢰켈이라는 이름의 여성이 엘리제라는 의심을 받고 있다는 기억이 난다. 베토벤이 자기 곡의 이름을 〈엘리제를 위하여〉가 아니라 〈뢰켈 양을 위하여〉라고 붙였다면 어땠을지 궁금하며, 나의 공격성은 대체 어디에 처박혀 있는지도 궁금하다.

왜 나는 기사에게 '왜 이렇게 오래 기다리게 하느냐'느니, '무슨 서비스가 이 따위냐'느니 '뻔뻔하다'느니 퍼붓고 싶지가 않은 것일까? 나는 그 어떤 말도 하고 싶지 않다. 그저 기사가 영원히 사라지지 않기만을 바란다. 내게로 돌아오기만 해도 그는 나의 세계적인 기사가 될 것이다.

바스락 소리가 난다. "들리세요?" 기사가 묻는다. "들려요. 들려요." 나는 얼른 대답한다. "특히 베토벤이 잘 들립니다." 그러자 기사가 말한다. "그 지역에 기술 장애가 발생해서요.

다른 기사분이 댁을 방문하실 겁니다. 담당 기사분을 연결해드릴 테니 그분과 일정을 잡으세요."

"잠시만요." 기사와 내가 동시에 말한다. 나는 눈을 질끈 감는다. 엘리제를 위하여. 세상만사는 늘, 언제나 엘리제를 위한다.

점화 손잡이 세기

내 친구 토비아스가 부엌을 새로 단장했다. 인테리어 완
제품으로. 나는 감탄해주려고 그 집에 잠시 들렀고, 정말이
지 탄성을 연발한다. 부엌 바닥에는 카니발 의상들이 너부
러져 있다. 조금 전에 우리는 토비아스의 아이들과 변장을
했고, 지금 아이들은 자고 있다. 나는 손으로 새 레인지 점
화 손잡이를 쓸어본다. 그리고 토비아스에게 묻는다. "너 알
았어? 나 꼭지광인 거."

토비아스는 꼭지광이 뭔지 모른다. 꼭지는 수도꼭지에서
온 말이고 그와 관련한 망상이라면 집을 나서기 전에 항상

수도꼭지가 정말로 잠겼는지 다시 한번 확인해야 하는 강박
증이다. 꼭지광은 미신과 온화한 강박의 잡종이다. 나의 꼭
지광 대상은 수도꼭지가 아니라 레인지이다. 시간이 촉박
할 때면 나는 자주 레인지가 정말로 잠겼는지 한 번 더 확인
하러 가야 한다. "한심해. 그렇지 않아?" 나는 이렇게 물으며
토비아스가 이런 대답을 하리라 예상한다. "나도 그거 알아.
누구나 그런 게 있지." 하지만 토비아스는 나를 노려보기만
한다. 나는 그가 당황해서 노려본다고 생각한다. 마치 내가
"나 사람고기 먹어보고 싶어" 같이 뭔가 충격적인 말이라도
한 것처럼.

마침내 토비아스가 내게서 시선을 거두고 말없이 옷을
다시 상자에 넣기 시작한다.

"그런 꼭지광은 특별한 게 아냐." 나는 불안해서 아무 말
이나 던진다. "레인지 확인하는 거, 나 그거 언제라도 안 할
수 있어. 아무 문제없어." 나는 언제라도 담배를 끊을 수 있
다고 우기는 골초처럼 맹세를 난발한다. "그냥 작은 괴벽 정
도인 거지."

토비아스는 말이 없고 나는 부끄럽다. 내가 그런 말을 했
기 때문이다. 토비아스와 나는 친하다. 못할 말이 없는 사이

라고 나는 생각한다. 연애사나 토사곽란 같은 것도 아주 솔직하게 털어놓는다. 하지만 아무리 그래도 그런 괴벽은 혼자 간직하는 것이 더 나을 것이다.

"부엌이 진짜 짱이야." 내가 말한다. 토비아스는 여전히 입을 다문 채로 상자 옆에 앉는다. "왜 그래?" 내가 묻는다.

그가 땅에 떨어진 깃털 목도리를 집어든다. 그가 목도리와 함께 자신의 모든 용기도 집어든다는 사실을 그의 몸짓에서 또렷이 엿볼 수 있다.

마침내 그가 입을 연다. "너는 작은 괴벽이지만 나는 완전 강박이야." 그리고 그는 매번, 정말로 매번 집을 나서기 전에 레인지를 확인해야 한다고 털어놓는다. 그것도 한 번이 아니라 정확히 열두 번. 모든 레인지 손잡이가 초록색에 가 있는지 열두 번 세어야 하고, 세다 잊어버리면 처음부터 다시 세기 시작해야 한다. 그래서 매번 그 시간을 고려해서 30분 앞당겨 외출 계획을 짜기 때문에, 그는 그것이 재미나거나 거기에 미친 것이 절대로 아니라고 말한다. "한심하지, 그치?" 그가 묻는다.

나는 그의 옆에 주저앉는다. 그가 말한다. "더 심해질까봐 겁나. 이러다가는 확인하느라 아예 집 밖을 못 나가게 될까 봐 겁이 나."

"이유가 뭐야?" 내가 묻는다. 그리고 이 질문을 토비아
스가 느끼는 것보다 훨씬 더 한심하다고 느낀다. 그는 카
니발 상자를 쳐다본다. 그러더니 다스 베이더 가면을 쓰고
1970년대식 에어프런 드레스를 입고 반짝이가 다 떨어진
요정 지팡이를 집어든다.

"세." 그가 지팡이를 내 쪽으로 흔들며 말한다. "열두 번.
자, 어서."

토비아스의 의상이 정말로 웃기다. 나는 내년 카니발에
는 강박 장애로 변장하자고 마음먹는다.

"왜 세야 하는 건데?" 내가 묻는다.

"안 하면 무서운 일이 일어나니까." 가면을 쓴 토비아스
가 말한다.

"무슨 일?" 내가 묻는다.

토비아스가 잠깐 가면을 치켜든다. "지금 당장 일어날 수
있는 무서운 일을 생각해봐." 그가 말한다. "열두 번 세지 않
으면 어머니 검사 결과가 정말 안 좋을 거야. 예를 들면 그
렇지. 지금 당장 일어날 수 있는 일이 없다면 언제라도 일어
날 수 있는 일도 되고."

"예를 들면?" 내가 묻는다.

토비아스가 다시 가면을 쓴다. "네 아들이 끔찍한 자전거 사고를 당할 거야." 그가 말한다.

"내가 레인지 손잡이를 열두 번 확인하지 않으면 우리 아들이 끔찍한 자전거 사고를 당할 거라고?" 내가 묻는다.

"바로 그거지." 토비아스가 말한다.

"뭐 말도 안 되는 소리야." 말도 안 되는 소리라는 사실이 여기서는 아무 소용도 없다는 것을 누구보다 잘 알면서도 나는 그렇게 말한다. 누군가 그럴듯한 말로 레인지 손잡이를 확인하는 것이 예방책이라고 일러준다면 자전거 사고를 예방하기 위해서 세상에서 제일 말도 안 되는 짓이라도 할 것이면서, 정 안되면 손잡이 확인이라도 할 것이면서, 마치 안 할 것처럼 말이다. 그래도 나는 다시 한번 그것이 말도 안 되는 소리라고 말한다.

"그럼 반대를 증명해봐." 토비아스가 가면을 쓴 채로 대답하고, 나는 그 말이 말도 안 되는 소리라는 지적을 받을 때 음모론자들이 던지는 모범 답안이라는 생각이 퍼뜩 든다.

"강박은 음모론자처럼 행동해." 나는 이렇게 말하면서, 나 같은 확인 강박 환자는 자신의 그 앙증맞은 괴벽을 눈에서

놓치면 안 된다고 생각한다. 정말로 그만둘 수 있을지 계속해서 살피지 않으면 곧바로 마음속 음모론자가 엄청난 공격력으로 헤드록을 걸기 때문이다.

"어서, 세. 열두 번." 토비아스 말한다. "안 그러면 나쁜 일이 일어나. 자전거 사고 같은 일."

"난 꿈에도 그런 생각 안 해. 그 무슨 마피아 같은 방법이야?" 내가 말한다.

토비아스가 가면을 올린다. "나 바보지."

"응." 내가 말한다. 모든 폭군 같은 강박은 바깥에서 보면 바보이기 때문이다.

"숫자를 안 셀 수가 없어. 중간에 그만둬도 안 돼. 대충 세도 안 돼." 토비아스가 말한다. 나는 유치원 애들이 부는 플라스틱 트럼펫을 집어서 토비아스의 다스 베이더 대갈통을 향해 던진다.

"돼." 내가 말한다.

토비아스가 가면을 벗는다. 우리는 그것을, 그 단어 "돼"를 점검한다. 발음하기 힘든 이 한 단어, 교만한 강박증에게 포위당해서 우리 귀에는 정말이지 듣기가 좋은 이 한 단어를. '돼.' 우리는 상자에서 분장용 화장품을 꺼내서 완전 새 레인지에다 그 글자를 쓴다. '돼'는 금방 지워질 테지만, 그래도 이 순간에는 아직 여기에 있다.

지옥의 눈빛을 가진 남자

얼마 전에 우리 아래층에 새로 이사를 왔다. 귄터 씨인데, 나는 귄터 씨한테서 나의 스승을 찾았다고 생각한다.

그가 이사를 오고 얼마 되지 않아 그의 집 현관문 앞에서 그를 만났다. 그는 문에 스티커를 붙여놨는데, 싸울 태세를 갖춘 로트와일러 머리통 아래에 핏빛 글자로 이런 문구가 쓰여 있었다. '내가 여기서 지켜보고 있다.'

귄터 씨가 막 문을 열었으므로 나는 "안녕하세요" 하고 인사를 건넸다. 하지만 귄터 씨가 고개를 들자 나도 모르게 주춤 뒷걸음질을 쳤다. 그의 눈빛에서, 달리 표현할 길이 없

221

지만, 지옥 불이 이글이글 타고 있었기 때문이다. 나는 몇 걸음 물러난 채로 내 소개를 했고 이 건물은 소리가 정말 잘 들리므로 우리가 위에서 너무 시끄럽거든 주의를 달라고 귄터 씨에게 말했다. 귄터 씨는 나를 노려보았다. "로트와일러를 키우시나 봐요?" 나는 그가 뭔가 말을 하리라는 희망을 버리지 않고 물었다. "아니오." 귄터 씨는 이 말만 던지고 문 뒤로 사라져버렸다.

이튿날 귄터 씨가 지옥 불과 함께 우리 문 앞에 서 있었다. "너무 시끄러워요. 제발 내 머리 위에서 쿵쿵거리지 맙시다." 그러더니 그가 획 몸을 돌려 사라졌다.

나는 문지방에 서 있었다. 비제 여사가 계단을 내려왔다. "귀신 봤어요?" 그녀가 물었다. "아니오. 귄터 씨요." 내가 말하자 비제 여사가 대답했다. "뭐, 귀신하고 거의 비슷하지."

건물에 사는 그 누구도 귄터 씨에 대해 아는 것이 없다. 우리가 아는 것은 그가 재임대*로 여기 산다는 것뿐, 그가 어디서 와서 어디로 갈지는 아무도 모른다. 대충 나이가 어느 정도인지 혹은 키가 얼마인지도 모른다. 귄터 씨의 몸에

---

* Zwischenmiete. 기존 세입자가 잠시 집을 비운 상태에서 몇 달 동안만 다른 사람에게 빌려주는 임대 방식.

서 알아볼 수 있는 것은 눈뿐이며, 우리 모두 그의 눈빛에 담긴 무거운 대포를 피하느라 여념이 없기 때문이다.

나는 지금까지 카펫이 깔려 있지 않던 자리에 새로 카펫을 깔았고 온 식구가 신을 밑창 없는 실내화를 장만했다. 안타깝게도 밑창 없는 실내화에는 토끼 아플리케가 붙어 있어서, 특히나 사춘기 우리 아들에게 심미적 근심을 안겼다. 우리는 집 안에서 온종일 토끼 발로 다녔다.

며칠 후 귄터 씨를 복도에서 만나자 나는 좀 나아졌는지 물었다. "뭐가요?" 그가 물었다. "층간소음이요." 내가 대답했다. "아니오." 귄터 씨가 말하며 이글이글 타는 눈으로 나를 노려보았다.

"귄터 씨는 불행한 사람 같아요. 그래서 이 집을 고른 거지." 비제 여사가 골똘히 생각하며 말한다.

"어디다 쓰려고 골라요?" 내가 물었다.

"뭐든 탓을 하려고. 불행한 자기 인생 전부를 이 집 탓으로 돌리려고." 비제 여사가 대답했다.

"선택된 자로서 선택을 거부할 수 있을까요?" 내가 물었다. 비제 여사는 안됐다는 표정으로 고개를 저었고, 더 안됐다는 표정으로 내 실내화를 가리켰다. "이게 예뻐요?" 그녀가 물었다. "아니오. 귄터 씨 때문에요." 내가 대답했다.

토요일 저녁에 우리 아들의 대모가 우리 집에 놀러 왔다. 우리는 밤늦게까지 소파에 앉아서 이야기를 나누었다. 그녀는 자지러질 정도로 한껏 웃을 줄 아는 사람이라서, 나는 그 점을 특히 아낀다. 하지만 이번에는 내내 '소리 낮춰'라는 생각만 했다. 불행한 아래층 귄터 씨가 증오에 불타는 지옥의 눈빛을 천장을 향해 쏘아대는 장면이 자꾸만 떠올랐기 때문이다. 내가 귄터 씨 이야기를 들려주었을 때도 아들의 대모는 정신없이 웃었고, 너무 웃다가 그만 소파 탁자에 올려둔 유리컵을 밀치고 말았다. 유리컵이 바닥에 떨어지며 쨍그랑 깨졌다. 추측건대 귄터 씨의 두개골 바로 위에서 그랬을 것이다.

20분 후 경찰이 찾아왔다.

"소란행위가 있다고 신고가 들어왔습니다. 파티하셨나요?" 경찰이 물었다.

"아니오." 내가 대답했다. 경찰이 가고 나서야 나는 그 소란행위가 우리였다는 깨달음이 들었다. "니네 귄터 씨는 또라이구나." 아들의 대모가 화가 나서 말했다. "만사 탓할 상대로 나를 골랐거든." 내가 말하자 아들의 대모는 또 자지러지게 웃으며 말했다. "축하해."

나는 밤새 귄터 씨에 대해 고민했다. 한편으로는 그의 분노를 연민으로 대해야 한다고 생각했다. 그의 분노는 그보다 덜 고독한 사람들이 그의 머리 위에서 더 시끄럽게 쿵쿵댈수록, 신이 난 아들의 대모가 그의 머리 위에서 더 잘 들리게 웃어댈수록 그를 더 괴롭히는 구겨진 불행, 구겨진 고독일 뿐이니 말이다. 나는 마음으로 귄터 씨에게 연민 한 통을 들이부었지만, 또 한편으로는 귄터 씨가 누가 봐도 또라이며, 그는 이제 키우지도 않는 로트와일러와 지옥의 눈빛을 얼른 도로 불러들여야 할 것이라고 생각했다. 날이 밝아오자 내 마음은 귄터 씨가 또라이라는 쪽으로 확실히 기울었고, 그에게 마음으로 들이부었던 연민의 통에서 연민은 점점 줄어들고 어떤 뜨거운 것이 점점 늘어갔다. 나는 그것을 용암이라 추정했다.

아침 여섯 시가 되자 나는 귄터 씨네 집 초인종을 눌렀다. 문이 열리기를 기다리는 동안 나는 토끼 장식이 붙은 내 발과 문에 붙어 있는 핏빛 글자가 적힌 로트와일러 스티커를 쳐다보았다. 귄터 씨가 문을 열었다.

"내가 여기서 지켜보고 있다." 내가 말했다.

권터 씨는 말없이 이글거렸다. "어제 경찰 불렀어요?" 내가 물었다. 권터 씨는 말이 없었다. "제정신이에요?" 내가 물었다. 권터 씨는 여전히 입을 열지 않았다. "온 집 안에 카펫을 깔았어요. 이 말도 안 되는 토끼 신발을 신었고 우리 아들한테는 발을 바닥에 대지도 말라고 가르쳤어요. 내가 더 뭘 해야 한다고 생각해요?" 권터 씨는 말이 없었다. "이제 그쪽에서 말해봐요." 다시 물어도 권터 씨는 말이 없었다. "내가 어떻게 해도 다 잘못하는 거죠?" 내가 물었다. 그러자 마침내 권터 씨가 입을 열고 대답했다. "네."

그리고 문을 닫았다.

계단 위쪽에 아들과 아들의 대모가 잠옷 차림으로 서서 왜 그러냐는 표정으로 나를 바라보았다. 나는 신발장에서 등산화를 꺼냈다. "신어." 내가 말했다. 카펫을 모조리 걷어내고 라디오 볼륨을 최고로 올렸다. 굽이 무거운 신발을 신고서 우리는 쿵쾅쿵쾅 온 집 안을 뛰어다녔다. 그러고는 털썩 바닥에 주저앉았고, 뜨겁게 달아오른 얼굴로 경찰이 오기를 기다렸다.

비제 여사가 틈을 메우다

나는 비제 여사와 함께 차를 타고 숲으로 가는 중이다. 비제 여사가 내게 누군가를 소개해주겠다고 한다. 그녀가 무척 행복하게 연애하고 있다는 사실을 몰랐다면 나는 아마 새로 만난 위대한 사랑을 보여주려 한다고 생각했을 것이다. 물론 그녀는 내게 보여주려 하지만, 이번의 새로운 위대한 사랑은 플라토닉이다. 그녀가 상당히 빠른 속도로 국도를 내려가면서 묻는다. "그런 마음 알아요? 어떤 사람을 보자마자 평생 그 사람이 필요했구나, 하고 바로 알아차리는 거요. 한 번도 그런 생각을 해본 적이 없는데도 말이에요."

나는 안다. 다행히. 그런 만남은 늘 적어도 잠깐이나마 윤회를 믿게 만든다. 어떤 사람을 만났는데, 이미 그와 함께 불행을 모면했거나 그와 한 가정에서 자랐다는 예감이 든다. 이번 생 내내 이 사람을 찾고 있었다는 사실을 전혀 몰랐음에도 생각한다. "너 다시 왔구나. 마침내." 그 사람을 찾고 나서야 그 사실을 깨닫는다.

비제 여사는 크리엘을 만나고 그렇다. 크리엘은 진짜 이름이 크리엘이다. 나는 여러 번 다시 물었고, 비제 여사 역시 그랬다. 무슨 쾰른의 지역구 이름 같지만, 크리엘의 이름은 크리엘이다. 몇 주 전이었다. 비제 여사가 다시 어떤 일로 고민이 되어 찬성 이유와 반대 이유를 따져보겠노라며 숲에서 산책을 하고 있었다. 비제 여사는 찬성과 반대를 계속해서 경쟁시키면 도움이 된다고 잘못 생각해서, 그렇게 하면 언젠가 찬성이나 반대가 지쳐서 경기장에서 실려나갈 것이고, 의혹 한 점 없는 결정을 내릴 수 있으리라 기대하였다. 그런데 갑자기 숲길에 어떤 사람이 나타났다. 목줄을 채운 사냥개를 데리고서 스프레이 캔을 손에 든 여자였다. 그 순간 비제 여사의 정신적 눈에는 여자의 어깨 바로 위에 의혹한 점 없는 찬성이 둥둥 떠 있는 모습이 보였다.

뭔가를 금방 알아차리는 일이 드문 비제 여사였지만, 찾지도 않은 크리엘을 드디어 발견했다는 사실은 당장에 알아차렸다. 자신을 향해 걸어오는 크리엘을 보며 비제 여사는 생각했다. "드디어 네가 왔구나." 그래서 보통의 산책객처럼 고개만 까딱하고 지나칠 수가 없었다. 그렇게 지나가면 남은 현생 내내 자책하리라는 것도 비제 여사는 금방 알아차렸기 때문이다. 비제 여사가 크리엘의 스프레이 캔을 가리키며 물었다. "안녕하세요. 그래픽 화가신가요?"

"아니에요." 크리엘이 대답했다. "나무에 표시를 해요."

"멋져요." 산림관리사가 나무에 표시를 하는 이유는 나무가 특별히 뭘 잘해서가 아니라 베어버리기 위해서라는 사실을 아직 몰랐던 비제 여사가 말했다. "제가 따라가도 될까요?" 비제 여사가 물었다. 전생에서는 여러 번 만났을지 몰라도 현생에서는 처음 본 사람에게 묻기 껄끄러운 질문이었다. 크리엘은 자신이 비제 여사를 기다렸다는 사실을 아직 몰랐기 때문에 깜짝 놀라 쳐다보았지만, 다행히 그 사실을 금방 알아차리고는 이렇게 말했다. "당연하죠."

그렇게 하여 비제 여사는 크리엘을 따라 숲을 걸었다. 처음에는 둘 다 말이 없었다. 말은 안 해도 분위기는 편안했다. 너무 일찍 혹은 너무 늦게 해야 할 말이 없었기 때문이다. 말은 안 해도 흥분이 되었다. 침묵이 도움닫기 구간 같았기 때문이다. 그리고 시작되었다. 말문이 터졌다. 크리엘과 비제 여사는 두서없이 뒤죽박죽 시작했다. 그들은 각자의 현생에서 경험했던 하이라이트와 전환점을, 지금까지 일어났던 모든 일을 털어놓았다. 이야기하고 귀 기울여 들으면서 비제 여사는 거듭 크리엘이 있는 쪽을 향해 생각했다. 크리엘은 비제 여사가 발견했던 그 모든 사람이 메우지 못한 틈이었노라고. 메워진 순간에야 비로소 알아차린 틈 말이다.

그날 이후 비제 여사는 걸핏하면 크리엘을 만나러 숲에 가는데, 오늘은 나를 데리고 간다. 비제 여사는 언제나 그렇듯 말쑥하게 차려입었다. 숲에 산책하러 가면서도 비제 여사처럼 완벽하게 화장을 하는 사람을 나는 본 적이 없다. 크리엘은 관사 앞에서 우리를 기다리고 있다. 생김새는 비제 여사와 정반대라서 빼빼 말랐고 키가 엄청나게 크며, 크루컷의 연한 금발은 누가 봐도 자기 손으로 잘랐으며, 눈동자 색은 연파랑이고 키우는 사냥개 이름은 하이드룬이다. (여기는 어째 이름이 다 이상하다.) 비제 여사는 크리엘과 나를 인사시키고 크리엘이 세계적인 센세이션인 양 소개한다. 자세히 보니 크리엘의 피부색이 열 오른 도널드 트럼프이다. 나중에 알게 된 사실이지만 크리엘은 그날을 기념하기 위해 화장을 했는데, 안타깝게도 난생처음이었다. 우리는 숲으로 출발하고, 비제 여사는 정말로 숲에 안 맞는 신발을 신었지만 아무 문제가 없다. 크리엘이 지난 20년 동안 함께 살아온 나무들 이야기를 들려준다. 그녀의 목소리 색깔이 가문비나무랑 놀라울 만치 잘 어울린다. 그녀는 축지법이라도 쓰는 듯 성큼성큼 걸어가고, 비제 여사는 행복에 겨워 그 옆에서 총총걸음으로 따라간다. 크리엘이 나무 표시 이야기를 하며 연신 나무 우듬지를 가리키면, 비제 여사는 고개를 한껏 젖히고서 크리엘이 손을 붙잡고 끌고 갈 때까지 오래오래 하늘을 쳐다본다. 그렇게 아무런 반대도 없이, 양말이 흠뻑 젖어도 그렇게 행복에 겨운 비제 여사를 보고 있자니, 너무 좋다.

"요전에 탄야랑 총을 쐈어요." 크리엘이 말한다. 나는 잠깐 탄야가 누군지 고민 한다. 비제 여사의 이름이 금방 떠오르지 않아서이다. "비제 여사랑요?" 상상이 안 되어서 내가 묻는다. 흠뻑 젖은 펌프스를 신고서 망루에 앉아 벌벌 떠는 손으로 이리저리 마구 총을 쏘아대는 비제 여사라니.

"캔에다가요." 비제 여사가 설명을 덧붙인다. 크리엘은 개의 털에 붙은 가시 달린 식물을 뜯어내고는 그 거대한 손으로 눈을 훔친다. 눈에 번지는 마스카라가 발려 있다는 사실은 까먹은 지 오래다. "탄야가 잘 쏴요." 그녀가 말한다. "손이 아주 침착해요. 과감하고 정확하게 겨냥하죠."

나는 비제 여사를 빤히 쳐다본다. 영원히 망설이는 나의 비제 여사가 크리엘을 찾아낸 것은 크리엘처럼 늘 거기 있었으나 지금껏 발견하지 못했던 과감하고 정확한 탄야를 크리엘이 찾게 하기 위해서였다. 세계적인 센세이션이다.

내가 완전 패닉에 빠졌을 때

폴 씨는 예전에 해외여행을 자주 다녔다. 그런데 얼마 전에 불안장애가 생겨서 꼼짝하지 못하고 집에 붙들려 있었다. 폴 씨가 다시 용기를 되찾기까지는 시간이 좀 걸렸다. 드디어 다시 용기가 생기자 이번에는 코로나 팬데믹이 터졌고, 그는 다시 집에 붙들렸다. 그래서 이제는 폴 씨와 그의 활기찬 용기 그리고 그의 허약한 미니어처 핀셔 로리가 밖으로 나가지 못하고 집 안에서만 어슬렁거린다.

이 셋 모두에게 살짝 콧바람을 쐬어주려고 나는 폴 씨를 차에 태워 드넓은 브란덴부르크 교외로 나간다. 우리는 산책을 한다. 날씨가 사나워서 구름이 빠르게 흘러간다. 폴 씨와 그의 용기는 빠른 걸음으로 걷고, 로리와 나는 그 뒤를 닥스훈트처럼 발발발 따라간다.

"가장 위험천만했던 여행 이야기 좀 해봐요." 폴 씨가 말한다.

나는 한참을 고민하지만, 당황스럽게도 아무 소득이 없다.

"지난번 휴가는 어디로 갔어요?" 폴 씨가 도와주려고 질문을 던진다.

"아이펠*이요." 내가 대답한다.

"그전에는?"

"북해."

"뭐 재미있는 일 없었어요?" 폴 씨가 묻는다. "바다에서 조난을 당했다거나?"

"아니오." 나는 기어들어가는 목소리로 대답한다. "가족 친화적 휴양시설이었어요."

폴 씨가 한숨을 쉰다. "지어낸 모험 이야기도 되나요?" 내가 묻자 폴 씨가 손사래를 친다. "내가 알기로 당신은 쉰이

---

* 마인츠로부터 라인강 하류의 양안에 있는 산맥의 북서쪽 지역.

다 되어가요." 그가 역정을 내며 말한다. "그런데 아직 한 번도 모험을 안 해봤다고요?"

"해봤어요." 내가 말한다. "물론 폴 씨가 생각하는 그런 모험은 아니지만 말이에요." 다행스럽게도 마지막 순간에 아득한 나의 청소년 시절이 떠올랐기 때문이다.

"15살 때 아버지랑 플로리다에 갔어요." 내가 말한다.

"휴양시설에?" 폴 씨가 불안해서 묻는다. 나는 고개를 가로젓는다. 말 열 마리로 끌어도 우리 아버지를 휴양시설로 데리고 가지는 못할 것이다.

"비행기가 플로리다로 가는 도중에 조종사가 갑자기 우리가 이륙한 공항의 기동지역**에서 비행기 타이어가 발견되었다는 소식을 전했어요. 물론 아쉽게도 우리 비행기 타이어인지는 확인되지 않았지만 말이에요."

폴 씨는 기분이 좋아져서 나를 쳐다본다. 미니어처 핀셔로리도 나를 쳐다보지만 지친 표정이다. 녀석은 브란덴부르크 모험으로 이미 기력이 다쳤다.

"하는 수없이 뉴펀들랜드에 비상착륙을 했어요. 혹시 몰

** 계류장을 제외한 항공기의 이륙, 착륙 및 지상통행에 사용되는 비행장내의 일부.

라 비상사태에 대비해서 예비조치로 거품 경로*도 뿌렸고요. 그렇게 타이어 없이 착륙하는 비행기는 인화성 높은 물질이잖아요." 내가 말한다.

"무서웠어요?" 폴 씨가 묻는다. 놀랍게도 나는 하나도 무섭지 않았다는 생각이 든다. 가만히 생각해보면 아빠 곁에 있을 때는 무서운 것이 없었다. 지금 문득 그 사실을 깨닫지만, 나는 폴 씨를 실망시키지 않으려고 이렇게 말한다. "당연하죠. 무서워 죽는 줄 알았어요."

"그래서 어떻게 되었어요?"

"정말 우리 타이어였어요. 엄청나게 덜컹거렸고 사방에서 비명을 질러댔어요." 나는 폴 씨에게 아빠와 내가 그날 밤을 뉴펀들랜드 공항의 바닥에서 보냈다고 이야기한다. 아빠는 『슈피겔』지를 베고, 나는 『차이트』를 베고 누었는데, 아빠는 이렇게 예언했다. "여기서 잘 수 있으면 어디서나 잘 수 있어."

"다음 날은 어땠을 것 같아요, 폴 씨? 한번 상상해보세요." 나는 이제 신이 난다. "플로리다에 도착해서 어떤 국립

---

* foam path. 비행기가 비상 착륙하기 전에 활주로에 화재진압용 거품을 뿌리던 관행으로, 지금은 사용하지 않는다.

공원에 갔거든요. 이미 해가 뉘엿뉘엿할 때였는데 호수에 섬으로 연결되는 좁다란 다리가 걸려 있었어요. 다리 왼쪽으로는 수풀이 우거졌고요. 아버지는 무조건 섬으로 들어가려고 했어요."

"아버님이 모험가이신 것 같네요." 폴 씨가 인정한다는 듯 말한다. 로리는 격분한 미니어처 핀셔 짖기를 시전하고, 폴 씨가 녀석을 겨드랑이에 낀다.

"섬에 도착해서 뒤로 돌아섰더니 악어 한 마리가 다리를 가로질러 다리 옆 수풀로 쓱 사라지는 거예요."

"악어는 사람을 공격하지 않아요." 폴 씨가 약간 실망해서 끼어든다.

"짝짓기 시기에는 가끔 공격해요. 그때가 3월이었으니까 한창 짝짓기 할 때죠." 나는 이런 말로 얼른 그의 실망을 잠재운다. 폴 씨가 다시 흥미를 보인다. 그가 활기차게 대꾸한다. "다리를 건너와야 했겠군요."

"선택의 여지가 없었죠." 나는 모험 이야기에 빠질 수 없는 한 문장을 던진다. "다리를 건너야 했어요. 바로 옆 수풀에는 악어가 있고요. 게다가 깜깜했어요."

"무서웠어요?" 폴 씨가 물었고, 나는 지금에서야, 33년이

지나 브란덴부르크의 너른 풀밭에 와서야 그때 내가 하나도 무섭지 않았다는 사실을 새삼 깨닫는다. "온몸이 벌벌 떨렸죠. 완전 패닉이었다니까요." 나는 말한다.

"그래서요?" 폴 씨가 묻는다.

"아빠가 말씀하셨어요. 내가 수풀 쪽으로 갈게. 그럼 악어가 날 먼저 잡아먹을 거야."

폴 씨가 고개를 끄덕인다. "하지만 다른 악어가 다리 반대편에서 나타날 수도 있었어요. 악어는 그래요. 가정을 꾸리죠."

"맞아요." 내가 말한다. "하지만 아빠는 그런 생각은 해봤자 아무 소용이 없다고 판단하신 것 같아요. 게다가 선택의 여지가 없었어요." 갑자기 그 표현이 내 마음에 쏙 든다.

"돌아오는 길이 정말로 멀게 느껴졌죠?" 폴 씨가 묻는다.

나는 돌아오는 길이 얼마나 멀었는지가 기억에 없다는 말은 그에게 하지 않는다. 하지만 아빠가 내 손을 어찌나 세게 잡았던지 내가 아빠에게 "악어가 아빠 다리 물면 어떻게 해?"라고 말했던 기억은 아주 생생하다. 아빠는 내 질문에 이렇게 대답했다. "그럼 다리 하나 잃고 재미난 이야기 하나 얻겠지." 우리 둘은 깔깔 웃었고 나는 전혀 무섭지 않았다.

그리고 이제야 그 사실을 깨달았으니 아빠에게 그 말을 한 번도 한 적이 없다는 사실도 이제야 깨닫는다.

폴 씨는 걸음을 멈추고서 우리가 찾다가 브란덴부르크와 플로리다에서 동시에 발견해낸 저 먼 곳을 바라본다. 우리는 고개를 젖히고 빠르게 달려가는 구름을 쳐다본다. "여기 정말 좋네요." 겨드랑이에 로리를 낀 폴 씨와 다행히 약간 콧바람을 쐰 그의 용기가 말한다. "조금 더 걸을까요?"

"아니요." 내가 말한다. "집에 가야겠어요. 아빠한테 전화해야 해요."

안녕, 비제 여사

때가 왔다. 이웃 비제 여사가 이사를 간다. 직장 때문에 다른 도시로. 약혼자 슈네프 씨는 이미 이사를 끝내놓고 새 도시에서 그녀를 기다리고 있다. 비제 여사의 아랫집에서 사는 것이 나는 정말로 좋았다. 12년 가까운 세월 동안 집 안에서 그녀가 만들어내는 사운드트랙이 내게로 흘러내려 왔다. 서로의 집에 들어가본 적은 없었어도 우리는 늘 서로를 많이 신뢰했다. 건물 복도에서, 각자의 집 현관 문지방에서, 지하 보일러실에서 우리는 서로에게 많은 것을 털어놓았다. 이제 그녀의 집에는 얼마 남지 않은 물건들과 세 사람만 남아 있다. 폴 씨, 비제 여사, 그리고 나. 우리는 짐이 다 빠져나가서 소리가 울리는 비제 여사의 부엌에서 대충 반원을 그리며 서 있다. 어깨는 축 처지고 자꾸만 목이 멘다. 우리는 교착 상태에 빠진, 체계적 가족 세우기* 참가자들처럼 서 있다. 가끔 이삿짐센터 직원이 들어온다. 땀으로 목욕을 한 데다 스모 선수도 옆에 서면 연약해 보일 정도로 큰 덩치이다. 그가 마지막 남은 물건들을 어깨에 멘다. 지금 막 그가 비제 여사의 실내 운동기구를 들어 나른다. 그의 팔에 안겨 있으니 운동기구가 삼각자만큼도 안 무거워 보인다.

아직 비제 여사가 남았다. 이 '아직'을 하릴없이 서서 지켜보기가 곤욕스럽다. 그래서 비제 여사가 창문을 가리키며 말한다. "저기 저 스티커 떼야겠네." 폴 씨가 "정말 좋은 생각이에요"라고 말하자 우리 셋은 고마운 심정으로 창문을 향해 서둘러 달려간다. 스티커는 작고 낡았다. 비제 여사 이전에 살던 세입자가 붙인 것이 분명한 세 개의 누렇게 변한 프릴꽃** 스티커이다. 폴 씨는 열쇠 꾸러미에서 자전거 열쇠

---

* Systemic Family Constellations. 독일 심리치료사 베르트 헬링거가 개발한 가족 심리치료 방법. 가족 구성원 간의 상호작용과 영향을 시각적으로 표현하고 이를 통해 심리적 치유와 관계 개선을 돕는 데 중점을 둔다.

를 떼어내어 그것으로 스티커 여기저기를 긁고, 나와 비제 여사는 집게손가락으로 긁어댄다. 다행히 잘 떨어지지 않는다. 프릴꽃 스티커는 접착력이 아주 좋다. 안 된다는 것을 잘 알면서도 우리는 이렇게 긁어대는 것으로 중대한 작별을 견뎌보려 결연히 애를 쓴다.

덩치 큰 이삿짐센터 직원이 한 손에는 흔들의자를, 다른 손에는 책 상자를 들고 지나간다. 땀이 뚝뚝 떨어진다. "땀 좀 닦으실래요? 화장실에 손수건 하나 남아 있어요." 비제 여사가 묻는다. 직원은 웃으며 고개를 젓는다. 그가 흔들의 자를 든 팔을 치켜들더니 겨드랑이에 코를 갖다 댄다. 그러고는 기분 좋게 말한다. "냄새가 나야죠. 안 나면 이상한 거예요." 그가 흔들의자를 흔들며 말한다. "금방 끝납니다."

비제 여사는 스티커에서 손을 떼고 약간 풀 죽은 목소리로 말한다. "잘한 건지 모르겠어요." 그녀의 입에서 이 말이 나올 줄 알았다. 비제 여사가 이사를 각오하고 직장을 옮기기까지는 정말 정말 오래 걸렸다. 그리고 지금 이 순간 '아

** 1972년 헨켈사의 마케팅부서에서 개발한 기하학적 형태의 꽃 디자인으로 그래픽 화가 프리드리히 브룹스트가 만들었고 약 3센티미터 크기의 스티커로 제작하여 세제 병과 함께 판매하였다.

직'이 위험할 정도로 바짝 다가서고, 갑자기 표정이 사라진 집에서 스티커를 긁고 멍하니 서 있자니 그 결정이 그리 사진발 잘 받는 쪽은 아니었다는 게 드러나 보인다.

나는 끈적거리는 스티커 조각을 비제 여사의 싱크대로 던진다. "거기 시설이 더 좋을 거예요." 내가 말한다.

"시설이 좋으면 뭐해요. 나는 여기 살고 싶어요. 모두 곁에."

"하지만 슈네프 씨가 거기서 기다리잖아요." 내가 말한다. 슈네프 씨는 너무도 소중한 사람이니까. 옆방에서 이삿짐센터 직원이 큰 소리로 말한다. "끝났습니다."

폴 씨의 안경이 스티커를 긁느라 코끝까지 미끄러져 내려왔다. 그가 안경을 다시 밀어 올린다. 그러고는 비제 여사의 어깨 위쪽 허공을 쓰다듬으며 헛기침을 하고는 엄숙하게 말한다. "결정의 옳고 그름은 결과로 정해지지 않아요."

나는 당장 스티커를 긁던 손을 멈추고 폴 씨는 빤히 쳐다본다. 나는 정말로 좋은 글귀 따위를 좋아하는 사람이 아니지만 폴 씨의 저 말만은 벽에다 걸어두고 싶다. 그것도 지금 당장, 우리 집 온 벽에다. 폴 씨는 이 말이 누구 입에서 튀어나왔는지 모르는 사람처럼 놀란 표정으로 우리를 쳐다보고,

나는 그에게 묻는다. "무슨 뜻이에요?" 폴 씨가 대답한다. "유
감이지만 나도 몰라요. 그래도 십중팔구 맞는 말일 겁니다."

뒤에서 바스락거리는 소리가 난다. 텅 빈 집에서는 바스
락거리는 소리도 귀를 먹게 할 수 있다. 이삿짐센터 직원이
가슴 호주머니에다 빵 봉지를 쑤셔 넣는다. "이제 출발하셔
도 됩니다." 그가 빵을 우물거리며 말한다. 그는 비제 여사
에게 격려의 미소를 짓고, 이런 자리에서 격려하는 이삿짐
센터 직원의 미소보다 더 아름다운 것은 없을 것이다. 비제
여사의 결정은 옳다. 그 결과를 예상할 수 없기 때문이 아니
다. 기진맥진한 갈팡질팡 끝에 이제 정말로 나아갈 수 있게
되었기 때문이다.

비제 여사가 숨을 크게 쉰다. "그럼 갈게요." 그녀가 말
한다.

아무리 늙고, 아무리 크게 숨을 쉬어도 다가올 것을 막을
수는 없다. 비제 여사와 나는 포옹을 한다. 비록 우리가 문
지방과 계단에서밖에 안 만난 사이지만 우리의 심장은 마
치 그 위에서 실내 운동기구가, 흔들의자가, 덩치 큰 이삿짐
센터 직원이 균형을 잘 잡았던 것 같은 느낌이다. 비제 여사
와 나는 한 번도 포옹을 나눈 적이 없다. 비제 여사의 좁다

란 몸통을 품에 안는 이 순간, 나는 아마 우리가 다시는 만나지 못할 것이라는 사실을 안다. 우리가 함께 나눌 계단과 문지방이 더는 없을 것이기 때문이다. 우리가, 비제 여사와 폴 씨와 내가 똑같이 "안녕"이라고 말한다면 그 말은 우리가 언젠가 비제 여사 같은 사람을 우리 건물에서 다시 만나기를 바란다는 뜻이다. 비제 여사가 이사 간 곳에서 우리 같은 사람을 만나기를 우리가 바란다는 뜻이다.

이삿짐센터 직원이 지금 비제 여사를 번쩍 안아 데리고 나간다면, 그가 허리를 굽혀 말 자세를 하고 비제 여사가 그 위에 사이드새들*로 앉는다면 정말 좋을 것이다. 짐을 실은 그녀의 심장까지 다 합쳐도 그에게 그녀는 가벼운 짐일 테니 말이다.

그러나 비제 여사는 직원과 나란히 집에서 걸어나간다. 그녀가 돌아보지 않고서 다시 한번 뒤에 선 우리를 향해 손인사를 건넨다. "안녕." 그녀가 말한다. 폴 씨의 늙은 손이 내 어깨에 얹힌다. "냄새가 나는 게 당연해. 안 그러면 이상한 거지." 그가 말한다. 그 말 역시 십중팔구 옳다.

---

* 말을 탈 때 다리를 벌리지 않고 두 다리를 한쪽으로 모아 옆으로 앉아서 타는 자세.

"안녕, 비제 여사." 우리는 소리가 울리는 집 안에서 소리 친다. "안녕."

온갖 근심

초판 1쇄 펴낸날 2026년 2월 25일

지은이 마리아나 레키
옮긴이 장혜경
펴낸이 김영정

펴낸곳 (주)현대문학
등록번호 제1-52호
주소 06532 서울시 서초구 신반포로 321(잠원동, 미래엔)
전화 02-2017-0280
팩스 02-516-5433
홈페이지 www.hdmh.co.kr

© 2026, 현대문학

ISBN 979-11-6790-349-5 (03850)

* 책값은 뒤표지에 있습니다.
* 파본은 구입처에서 교환해드립니다.